훌리건

연합뉴스

차례

3부

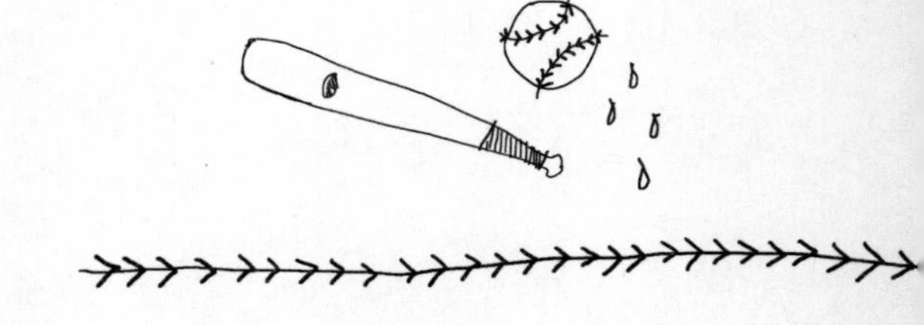

프 롤 로 그

야구가 죽었다.

아니 포청천이 죽었다. 단 하나의 오심도 남기지 않은 채 판관 포청천이 세상을 떴다.

오점 없는 인간은 지천으로 널려 있어도 오심 없는 심판은 하늘 아래 둘이 없으므로 야구계는 벌써부터 그의 죽음을 애통해 한다. 스포츠 뉴스를 진행하는 여자 아나운서는 울먹이는 목소리로 국민심판의 죽음은 야구의 죽음보다도 비극적인 사건이라고 보도했다. 야구팬들은 그 어떤 선수의 공백보다도 국보급 심판의 빈자리가 크다며 애석해했다. 물론, 그의 죽음을 가장 가슴 아파한 것은 검은 리본을 매단 채 그의 판결을 애타게 그리워하는 야구공들일 것이다.

야구인들의 입에는 야구가 그동안 시민사회에서 누려온 확고부동한 지위를 상실하고 한낱 공놀이로 그 위상이 격하될지도 모른다는 우려가 오르내리고 있다. 단적인 예로 '야구 동영상'을 의미하는 '야동'이라는 줄임말이 '야한 동영상'으로 오용되기 시작했다. 무식할 정도로 커다란 공을 튕기며 노는 경박한 운동인 농구나 냄새나는 발로 흙 묻은 공을 뻥뻥 차는 상스러운 운동인 축구에 제1의 시민 스포츠라는 명예를 넘겨줘야 할지 모른다는 야구계의 불안은 판관 포청천이 스트라이크와 볼을 판결하던 어제까지만 해도 상상조차 할 수 없는 일이었다.

야구를 사랑하는 시민들은 판관 포청천이 내렸던 공명정대한 명판결과 촌철살인의 어록을 하나하나 추억하며 그의 혁혁한 업적을 칭송했다. 격동의 야구사에서 야구팬들에게 대인(大人)이라 불린 심판도, 판관이란 지위를 부여받은 심판도 그가 유일했다. 타 종목에 비할 수 없을 정도로 복잡하고 미묘한 규칙들로 이루어진 야구 경기를 반세기 동안 주관했음에도 불구하고 그는 단 한 번의 청문회에도 회부되지 않았다.

판관 포청천이 아니었더라면 야구는 지리멸렬한 여타의 비인기 종목들과 마찬가지로 '각본 없는 드라마'에 불과했을지도 모른다. 다행스럽게도 시종일관 경기를 지배하는 그의 공헌으로 야구는 '각본 있는 드라마'의 영예를 누리게 되었다. 야구 경기를 감상하는 즐거움이란 그가 배치한 복선과 갈등, 주제를 읽어 내는 것에 다름 아니다.

교양 있는 시민들이 축구장이나 농구장이 아닌 야구장을 찾는 이유는 야구 경기를 보기 위해서가 아니라 판관 포청천의 판결을 경청하기 위해서다. 기-승-전-결을 완벽하게 갖춘 그의 판결은 사필귀정이자 인과응보이며 권선징악이자 법적 정의인 동시에 시적 정의였다.

야구에 한해서만큼은 다음과 같이 자부해도 무방하다.

판정은 경기의 일부가 아니라 전부다.

판관 포청천의 충복인 공손 선생은 그의 죽음을 애도하기 위해 일주일 동안 야구와 관련된 모든 행위를 금지하는 조치를 취했다. 프로야구는 물론이고 동네야구 시합까지 송두리째 취소되었다. 야구연습장은 임시휴업을 했으며, 전자오락실에서도 야구게임의 전원은 남김없이 꺼졌다. 야구용품점도 셔터를 내렸다. 청량한 타격음이 사라진 세상은 시합이 끝나고 관중들이 모두 빠져나간 텅 빈 야구장처럼 쓸쓸한 맨얼굴을 감추지 못했다.

정말이지 지상에서 야구가 죽은 것처럼 서글픈 하루였다. 내가 사랑하는 야구가 포청천과 함께 관 속에 묻힌 느낌이다.

전국 각지의 시민들은 판관 포청천을 추모하기 위해 대규모 성지순례를 떠났다.

시민들은 안타를 친 선수가 베이스를 향해 주루하듯 경건한 마음으로 야구의 메카인 포청천의 도시를 방문하여 국민심판에 대한 그들의 애정을 아낌없이 증명해 보였다. 그러나 우리 가족에게는 그러한 기회가 주어지지 않았다.

우리 가족의 이름은 포청천의 블랙리스트에 올라 있다. 일명 '1급 훌리건 리스트'라고 불리는 포청천의 블랙리스트에는 야구의 안보를 위협하는 훌리건들의 이름이 빼곡히 적혀 있다. 내가 알기로는 무려 32,971개의 저주받은 이름이 등재되어 있다.

여기서 잠깐 우리 가족에 대해 말하자면, 아버지의 이름은 황공하옵게도 포청천의 블랙리스트 첫 줄에 당당히 올라 있다. 망극하옵게도 어머니의 이름은 그 뒤를 바로 따른다. 황공 망극하옵게도 내 경우에는 태어나는 순간 블랙리스트의 셋째 줄에 이름을 올렸다. 이를테면 연좌제인 셈이다. 훌리건의 낙인이 찍힌 채로 세상에 던져진 나는 애당초 야구로부터 추방된 불운아라 할 수 있다.

야구보안법에 의하면 포청천의 블랙리스트에 오른 1급 훌리건들은 야구장 출입 금지는 물론이고, 야구와 관련된 그 어떤 공식 행사에도 일절 참여할 수 없다. 이번 추모기간 동안에도 성지순례는 고사하고 가벼운 외출조차 허락되지 않았다. 야구계의 최고 사법기관인 개봉부는 우리 가족을 포함한 32,971명의 1급 훌리건들에게 일주일간의 가택연금 명령을 내렸다. 지금 내 방 창문을 열면 검은 양복을 입은 개봉부 요원들이 우리 가족을 극진하게 감시하고 있는 것이 눈에 들어온다.

이제, 나는 당신에게 이야기를 들려주려 한다.

미리 말해두겠는데, 나는 당신에게 판관 포청천과 그 수하들의 영웅담을 들려주려는 것이 아니다. 그런 소재야말로 오늘 같은 날 특집으로 다루기에 적합한 이야깃거리임이 분명하다. 만일 당신이 그러한 서사를 원한다면 공손 선생이 저술한 『판관 포청천』이나 『칠협오의』를 일독할 것을 권한다. 활자를 마주하기 귀찮다면 KCN에서 방영하는 동명의 텔레비전 드라마를 시청하는 것도 나쁘지 않은 방법이다. 120부작이 넘는 드라마를 모두 감상하려면 상당한 시간을 할애해야 하겠지만.

판관 포청천에 대한 블록버스터급 신화나 야구선수에 대한 웰메이드 전설에 비하면 내 이야기는 동시상영 영화 수준의 B급 민담에 지나지 않는다. 더구나 감동적인 미담에 속하지도 않는다. 점잖은 야구팬은 낯을 붉히고, 음흉한 훌리건은 사족을 못 쓰는 추문에 가깝다. 너무나도 수치스러운 야구사적 기억이라 공손 선생의 『한국 야구사』에는 단 한 줄도 기술되어 있지 않다.

혹시라도 당신이 교훈을 얻고자 한다면 가까운 야구장에 가서 경기를 직접 관람하기를 권한다. 어떤 대문호의 글도 아마추어 야구 시합만큼 계몽적일 수 없다. 이것은 야구에 대한 내 신념이다.

한국 야구의 모든 기록을 총괄 책임지는 공손 선생과 다르게 나는 공식 기록이나 문서와 같은 객관적 사료를 다루는 데 썩 서툴다. 내가 하려는 이야기는 내가 야구에 대한 사랑을 포기하려고 할 적마다 부모님이 내게 들려준 이야기를 되풀이하는 것에 지나지 않는다. 따라서 공손 선생의 저작 혹은 판결문에 등장하는 우아한 문체나 화려한 수사를 기대한다면 그것은 전적으로 당신의 잘못이다.

나는 문학성을 갖춘 명문장가라기보다는 감상적이고 수다스러운 야구해설가에 가깝다. 말이 나왔으니 하는 말인데 야구해설가가 되는 게 내 꿈이다.

나는 그 누구보다 야구를 사랑하는 우리 가족이 어떻게 해서 야구의 카스트에서 불가촉천민에 해당하는 훌리건이 되었는지 당신에게 고하려고 한다. 앞에서 내가 판관 포청천에 대한 추모사를 늘어놓은 것은 이를 위한 포석에 불과하다.

물론, 내 자전적 고백은 아니다. 당신이 듣게 될 모든 것은 내가 태어나기 전에 벌어진 이야기다. 바로 내 아버지의 이야기다.

지금부터 어느 악명 높은 훌리건 K에 관한 이야기를 시작하겠다.

마이크 앞에서 야구해설가가 오직 진실만을 중계하듯 어떠한 거짓도 입에 올리지 않을 것을 굳게 맹세한다.

1부

개 작 두 를 대 령 하 라 !

이야기의 시작은 이십 년 전으로 거슬러 올라간다.

그때 그 시절에는 야구의 인기가 드높긴 했으나 그 위상이 아직 4루에 머물러 있었다. 야구의 지위가 5루로 진루하기 전이었다.

야구사에 조예가 그리 깊지 않은 야구팬이라면 만루 홈런이 5점이 아닌 4점이라는 사실이 당혹스러울 것이다. 오각형이 아닌 마름모꼴의 내야가 왠지 모르게 아쉽고, 어딘가 부조리하게 느껴질지도 모르겠다. 그러나 불과 이십 년 전만 해도 야구장의 비옥한 내야에는 다섯 개가 아닌 네 개의 하얀 강이 유유히 흘렀다.

이는 틀림없는 야구사적 사실이다. 그러니 부디 무고한 필자를 허위사실 유포죄로 고소하는 것은 자제해주길 바란다.

이십 년 전은 올해의 심판상이 제정된 지 칠 년째 되는 해이기도 했다. 그 전해나 그 전전해, 그 전전전해, 그 전전전전해, 그 전전전전전해, 그 전전전전전전해와 마찬가지로 올해의 심판을 기리는 다이아몬드 반지는 판관 포청천의 두꺼운 손가락에 끼워졌다. 칠 년 연속 올해의 심판상을 독식했을 뿐만 아니라 최초의 만장일치 수상이었으니 그야말로 겹경사였다. 그해를 판관 포청천의 완전무결한 권위가 완성된 해라고 해도 과언이 아닐 것이다.

온건한 야구팬은 물론이고 강경파 훌리건조차 무소불위의 권력을 휘두르던 판관 포청천의 권위가 도전받는 일은 꿈속에서조차 상상하지 못했으리라. 그러나 인내심 없는 독자를 배려하여 약간의 스포일러를 제공하자면, 그해 가을 내 아버지 훌리건 K는 판관 포청천의 판결에 항소하는 전무후무한 사건을 일으킨다. 만일 그 당시 올해의 훌리건 상이 존재했다면, 그 영광은 아버지의 차지였을 게 틀림없다.

현재는 일거수일투족을 감시당하는 요주의 훌리건이지만 판관 포청천의 판결에 불복종하여 법적 투쟁을 벌이기 전까지 아버지는 야구장이 없는 소도시에서 누구에게도 주목받지 못하는 소시민의 삶을 살고 있었다. 아무리 선구안이 빼어난 수위타자라 하더라도 그 무렵의 아버지에게서 극악무도한 훌리건의 면모를 찾아내기란 쉽지 않았을 것이다.

만약 만성적인 악몽이 아니었더라면 아버지는 아직까지도 평범한 소시민으로 하루하루 만족하며 살고 있었을지도 모른다.

꿈은 언제나 9회 말 2아웃에 시작되었다.

개봉부배 전국 고교야구 지역 예선 3차전. 스코어는 7대 7, 주자 만루, 2스트라이크 3볼. 공 하나가 팀의 운명을 가를 절체절명의 위기에 아버지는 마운드 위로 소환되었다. 조명탑에서 쏟아지는 불빛이 그라운드를 대낮처럼 환하게 밝혀주었다.

아버지는 왼손으로 야구공을 강하게 움켜잡은 채 포수의 사인을 기다렸다. 두 개의 중지가 공의 실밥을 감쌌다. 보통 사람에게는 없는 중지 하나는 한 마디 정도가 더 길었다. 아버지의 왼손 손가락은 모두 여섯 개였다.

잠시 후 아버지는 포수의 요구에 고개를 끄덕였다. 여러 밤에 걸쳐 꾸었던 경기여서 포수의 사인도, 송진 가루의 감촉도, 관중의 야유도 익숙했다.

여기서 스트라이크를 던지지 못한다면 오늘도 영락없이 패전투수가 되겠지. 이번엔 기필코 스트라이크를 던져야 해.

아버지는 몸을 힘차게 비틀며 다리를 높이 들어올렸다. 온 힘을 다해 공을 뿌렸다. 공은 기다란 가운뎃손가락에, 그러니까 여섯번째 손가락에 제대로 긁혔다. 손가락 끝이 제법 얼얼했다.

아버지의 육손을 빠져나간 공은 부드러운 궤적을 그리며 스트라이크존 한복판을 통과했다. 타석에 서 있던 4번 타자는 알루미늄 배트를 휘두를 생각도 못한 채 포수 미트로 빨려들어가는 공을 멍하니 바라만 보았다.

좋았어. 틀림없는 스트라이크야.

아버지는 마음속으로 환호성을 지르며 포수의 머리 너머로 높이 솟아 있는 심판석을 응시했다. 이 미터 높이의 심판석에는 판관 포청천이 꼿꼿이 앉아 있었다. 아버지는 숨을 죽이고 판결을 기다렸다.

"보올!"

판관 포청천은 무표정한 얼굴로 볼을 선고했다. 그 순간 야구장은 정전이 되었고, 사위가 어둠에 휩싸였다. 머리 위로는 헬리콥터의 프로펠러 소리가 가득했다. 헬리콥터에 달린 조도가 높은 조명이 범죄 현장을 급습할 때처럼 패전투수에게 집중되었다.

어느새 다가온 1루심과 3루심이 아버지를 결박하여 심판석 앞에 무릎 꿇게 했다. 고교야구 시절 아버지의 자부심이었던 세로줄 무늬 유니폼은 어느새 죄수복으로 변해 있었다. 영광스러운 등번호는 이제 수인번호일 뿐이었다.

아버지의 두 눈은 포청천의 주름진 입술을 올려다봤다. 패전투수의 형량은 천천히 움직이는 입 모양에 달려 있었다. 입술이 옆으로 당겨지느냐, 앞으로 내밀어지느냐에 따라 작두의 형상이 결정된다.

지저분한 피가 응고된 개작두, 화려한 무늬가 꿈틀대는 호작두, 눈부신 금장 비늘로 수놓은 용작두.

"개작두를 대령하라!"

꿈은 현실보다 냉정했다. 호작두나 용작두와 같은 황송한 대우는 없었다. 유별나게 긴 아버지의 여섯번째 손가락은 마취도 없이 서늘한 개작두 위에 올려졌다.

내가 응원하는 프로야구팀 두 곳이 타이거즈와 드래곤즈인데, 왜 그에 합당한 대접을 못 받는 거지? 호랑이도 용도 아니고 개, 개라니! 정말 개 같은 판결이군, 하며 아버지는 이의를 제기하지 않았다. 그럴 용기도, 겨를도 없었다.

"쳐라!"

판관 포청천의 불호령과 동시에 날카로운 법의 칼날이 부르르 떠는 여섯번째 손가락 위로 낙하했다.

관중들은 탄성을 질렀으나 아버지의 입에서는 비명조차 새어 나오지 못했다. 딱딱한 야구공이 입안 가득 물려 있었다.

법의 응징을 받은 가운뎃손가락 하나가 붉은 비명을 지르며 녹색 잔디 위에서 나뒹굴었다. 공명정대함으로 평판이 자자한 포청천답게 처벌은 언제나 한결같았다. 떨어져나간 손가락 길이는 자로 잰 듯 한 치의 오차도 없었다.

꿈이라는 걸 자각한다고 고통이 덜하진 않았다.

악몽에서 깨어난 아버지의 첫번째 하루 일과는 여섯번째 손가락을 점검하는 일이었다.

아버지는 손가락을 뒤집어가며 꼼꼼하게 살펴보았다. 그러고 나서는 손가락을 까딱거리거나 구부렸다 폈다를 반복했다. 마지막으로는 손가락 마디마디를 정성스럽게 주물렀다. 아버지의 모습은 신성한 의식을 치르는 사제처럼 시종일관 진지했다.

매일 밤 거세의 형벌이 거듭되는 동안 아버지는 남들에게는 없는 자신의 손가락 하나가 점차 소중하게 느껴졌다. 풍만한 가슴이나 탄탄한 엉덩이, 늘씬한 다리에 고액의 보험을 드는 여배우들의 심리가 이해될 지경에 이르렀다.

여섯번째 손가락을 위해 값비싼 보험에 가입할 형편이 못 되어서였을까? 아버지의 거세 공포증은 걷잡을 수 없이 커져만 갔고, 급기야 현실 속으로 침투하여 아버지의 투구폼, 아니 인생의 폼을 급격하게 무너트렸다.

그런데 왜 하필 지금에서야? 십이 년 전의 야구 경기가 뒤늦게 꿈속에 나타나는 이유가 뭐지? 정작 악몽을 꾸어도 이상하지 않을 당시에는 꿈도 없는 깊은 숙면을 취했는데…… 야구 경기야 그렇다 치더라도 개, 개작두라니, 이건 무슨 황당한?

이러한 의문은 몇 박자 늦은 투수 교체 타이밍처럼 아버지의 고개를 갸웃거리게 만들었다.

때늦은 악몽의 시간차 공격으로 인해 서른 살의 아버지는 극심한 슬럼프에 빠졌다. 터져버린 야구공처럼 재기불능 상태랄까. 인생 코치라는 보직이 있었다면 틀림없이 아버지의 축 처진 어깨를 가볍게 두드리며 현역 인생에서 은퇴할 것을 종용했을 것이다.

아버지의 영혼에 9회 말이 찾아왔다.

씹는담배

매년 팔월이면 감자처럼 동그란 몸집들이 개인용 소파나 카우치를 어깨에 짊어지고 뉴욕 타임스 스퀘어에 위치한 ESPN 존(Zone) 레스토랑으로 모여든다. 카우치 포테이토 대회에 참가하기 위해서다.

카우치 포테이토 대회는 말 그대로 최고의 카우치 포테이토를 가리는 대회다. 경기 규칙은 감자처럼 단순하다. 소파나 의자, 카우치에 앉은 상태에서 가장 오랜 시간 텔레비전을 시청하는 참가자가 최상품 감자로 선별, 아니 우승자로 결정된다. 세상에 이딴 대회가 어딨느냐고? 기네스북에서 인정하는 공신력 있는 대회다.

대회 참가자에게는 협찬사의 감자칩과 맥주, 담배가 무한리

필되며, 공중파를 포함한 천이백 개의 채널, 서늘한 에어컨 공기가 제공된다. 여기까지 들었을 때는 뭐 이런 신선놀음이 다 있나, 싶을 것이다. 그렇지만 카우치 포테이토 대회를 누워서 떡 먹기, 아니 누워서 감자칩 먹기 정도로 우습게 여겨서는 곤란하다.

나머지 경기 규칙을 마저 설명하겠다. 엉덩이를 긁을 순 있다. 방귀를 뀌어도 괜찮다. 단, 지면에서 엉덩이를 오 센티미터 이상 뗄 경우 반칙으로 간주하여 그 자리에서 탈락. 화장실은 여덟 시간마다 이용 가능. 하품은 총 다섯 번까지 용인. 그러나 잠깐이라도 졸면 바로 실격 처리된다. 이처럼 카우치 포테이토 대회는 고도의 정신력과 체력을 요구하는 수준 높은 스포츠다.

올해로 십 주년을 맞이한 카우치 포테이토 대회에서는 펜실베이니아 주에 사는 줄리어스 프링글스 씨가 신기록을 수립했다. 최종 우승자인 그는 2인용 가죽 소파와 75인치 고화질 텔레비전을 포함해 오십만 달러 상당의 상금을 획득했다.

그의 우승 비결은 야동이었다. 그는 69시간 55분 47초 동안 눈 한 번 깜빡이지 않고 야동을 감상했다. '야한 동영상' 따위와는 비교할 수 없을 정도로 자극적인 '야구 동영상'을 보는 동안 무려 1,273번의 오르가슴에 도달했다고 한다.

이십 년 전 어느 무더운 여름날, 서른 살의 아버지는 카우치 포테이토 대회의 신기록을 경신하고도 남을 정도로 오랜 기간

등받이가 없는 의자에 붙박여 있었다.

길거리에서 주워온 고물 텔레비전은 야구 채널은 고사하고 스포츠 채널조차 제대로 잡히지 않았으며, 다섯 평 남짓한 옥탑방에는 에어컨은커녕 선풍기조차 없었다. 이런 열악한 조건 속에서 세운 기록이란 점을 고려한다면 아버지의 기록은 한층 더 가치가 높다고 할 수 있겠다. 카우치 포테이토 대회라는 게 생겨나기 이전에 아버지는 이미 세계 챔피언이었던 셈이다.

아버지가 카우치 포테이토 대회의 비공인 세계 신기록을 세울 수 있었던 비결은 입담배였다. 졸음이 밀려올 적마다 아버지는 입담배를 탁구공만큼 집어 입술과 잇몸 사이에 끼워넣고는 입을 우물거렸다.

씹는담배라고도 불리는 입담배는 오늘날에는 치아뿐 아니라 영혼마저 누렇게 변색시킨다는 이유로 야구계에서 금지된 혐오식품이다. 하지만 이때까지만 해도 야구선수들(중에서도 특히 한가로운 외야에서 장시간을 보내느라 입이 심심한 외야수들)이나 야구감독들(중에서도 특히 만년 꼴찌팀을 지휘하느라 만성 스트레스를 달고 사는 감독들), 야구팬들(중에서도 특히 오징어를 씹으며 응원하기에는 턱관절이 약한 팬들)이 즐겨 애용하던 기호 식품이었다.

물론 담배 케이스에는 담배는 각종 질병을 유발하며…… 어쩌고저쩌고 하는 서너 줄의 주의사항이 적혀 있긴 했다. 야구공만한 종양이 입 주변에 달린 구강암 환자의 사진도 부착되어 있었다. 그러나 그런 경고는 아버지의 우물거리는 입을 멈추기에는 역부족이었다.

눈만 감아도 번쩍이는 개작두에 비하면 구강암은 발병 여부조차 불확실한 너무도 먼 미래의 사건이었다. 설령 경고 사진 속의 가련한 남자가 타인이 아닌 자신의 미래 모습을 미리 촬영한 것이라 하더라도 매일 밤 찾아오는 거세의 공포에 비할 바는 못 되었다.

아버지에게는 오로지 악몽만이 현실적이었다. 그 무렵 아버지의 인생에서 목표는 단 하나였다.

작두형을 최대한 연기시키는 것!

그 외의 것은 지극히 사소하고 하찮은 문제였다. 실직조차 커다란 사건은 못 되었다.

혹독한 악몽과 니코틴에 찌들어 있던 아버지는 시청 앞 광장의 잔디를 깎던 도중 해고 통보를 받았다.

비정규직이었으므로 정식 절차는 따로 없었다. 조경회사 직원은 해고 사유조차 설명하지 않았다. 야구 시합 도중 '아웃'을 외치는 심판의 판정보다도 간단했다. 팔을 휘두르는 식의 간결한 제스처조차 아꼈다.

아버지는 이의를 제기하지 않았다. 야구선수 시절에도 아버지는 항의해본 적이 없었다. 삼 년 넘게 관리해온 잔디 위로 거칠게 침을 내뱉긴 했으나 별 뜻은 없었다. 담배를 씹는 동안에 생긴 침을 뱉어낸 것뿐이었다.

퉤, 퉤, 퉤.

호랑이가 담배 피우던 시절, 아니 아버지가 담배 씹던 시절 아버지의 입은 침이 마를 날이 없었다. 잠을 쫓기 위해 담배를 우물우물할 때마다 침이 끊임없이 분비되어 나왔다. 입안 가득 고이는 침을 뱉다 보니 아버지는 어느새 침뱉기의 달인이 되어 있었다.

아버지가 입안의 타액을 공처럼 둥글게 모아서 힘껏 뱉어내면 그 침은 한 점 흐트러짐 없이 18.44미터나 날아갔다. 18.44미터나 되는 비거리도 경악할 만한 수준이었지만 제구력은 타의 추종을 불허했다. 아버지는 침을 처리하기 위해 종이컵, 생수통, 페트병, 박카스병, 요구르트병에다 수고롭게 입을 갖다댈 필요가 없었다. 목표물을 향해서 퉤, 하고 침을 뱉기만 하면 되었다. 18.44미터라는 사정거리 안에만 있다면 바늘구멍으로도 자신의 침을 통과시킬 자신이 있었다. 직구는 물론이고 커브, 슬라이더, 포크, 체인지업, 슈트 할 것 없이 백발백중으로 말이다. 그런 아버지의 투구를 옆에서 지켜봤다면 컨트롤 아티스트의 대명사 그레그 매덕스조차 입안이 바싹 말랐을 것이다.

니코틴에 취해 온종일 침을 뱉다 보면 아버지는 심신이 극도로 피로해져서 눈을 감을 힘마저 소진되었다. 어떤 때는 체액이 아니라 영혼을 뱉어내는 듯한 기분마저 들었다.

불면의 시간이 지속될수록 아버지는 입담배 케이스에 붙어 있는 남자를 닮아갔다. 야구 배트로 뒤통수를 가격당한 사람처럼 눈의 초점은 상실된 지 오래였고, 몰골은 누군가의 발에 짓밟힌 감자처럼 무참했다. 완곡하게 표현해서 말이다.

그래도 담배를 씹는 동안에는 뱉어낼 침이 끊임없이 생성되었고, 그 시간만큼 아버지는 작두형을 유예시킬 수 있었다. 아버지는 배트를 짧게 잡은 1번 타자처럼 되도록 오랫동안 악몽을 커트해내려고 했다.

아버지의 엉덩이 밑에 깔린 리모컨 고무 버튼이 눌릴 때마다 채널이 돌고 돌고 돌았다.

아프리카의 오지를 탐험하는 정글탐험대가, 체포된 자살폭탄 테러리스트 소녀가, 간장게장을 광고하는 원로배우가, 지구온난화로 인해 빙하가 녹은 탓에 먹이를 구하지 못해 죽어가는 북극곰 무리가, 열애설을 부정하는 인기가수가…… 나타났다 사라졌다.

대부분의 채널이 지직거리거나 떨렸으나 아버지는 텔레비전 앞에서 장기 체류하는 대다수 카우치 포테이토처럼 자신이 응시하는 영상에 대체로 무관심했다.

그렇게 채널이 몇 타순을 돌았을까. 아버지의 엉덩이가 번쩍 들어올려졌다. 흐릿한 두 눈은 지역광고에 출연한 박수무당에게 고정되었다.

야구모자를 푹 눌러쓴 무당은 와일드 독스의 푸른 유니폼을 입고 있었다. 가슴에는 불도그 두 마리가 서로 등을 진 채로 타격폼과 투구폼을 잡고 있었다. 어금니를 꽉 깨문 표정이 너무 비장한 나머지 심술궂은 샴쌍둥이처럼 보였다.

"저는 지리산과 계룡산 등지에 스프링캠프를 차려 수련에 수련을 거듭한 끝에 야신을 내림받았습니다. 야신의 에이전트, 즉 대리자인 제가 써드리는 부적 한 장이면 야구와 관련된 어떤 문제도 아웃입니다. 전현직 야구선수 및 코칭스태프를 포함한 어떤 야구인의 영혼도 세이프시킬 자신이 있습니다. 야구선수 출신의 악몽에 관해서라면 10할의 타율, 아니 성공률을 보장합니다. 제가 벌이는 굿 한판이면 야구팀의 영혼을 통째로 구원할 수 있습니다. 더 이상 건강에 해로운 담배나 술, 약물에 의존하지 마세요."

야신, 그러니까 야구의 신과 교통한다는 박수무당의 말을 듣는 순간 아버지는 우물거리던 담배를 그대로 삼킬 뻔했다.

아버지는 혼자가 아니었다. 세상에는 악몽에 시달리는 야구선수 출신이 많았다.

"저는 고등학교 시절 4번 타자였습니다. 몇 해 전부터 꿈속에서 돌팔매질을 당하기 시작했습니다. 다트에 묶여 있는 제 몸 위로 야구공이 무더기로 날아왔습니다. 테니스공이나 고무공을 던져달라고 통사정해봐도 헛수고였습니다. 머리나 급소를 노리지 않으면 다행이었습니다. 그런데, 럴수 럴수 이럴 수가! 용하신 도사님의 부적 덕분에 두 번 다시 꿈속에서 사구(死球)를 맞지 않게 되었습니다."

"신통방통하신 도사님이 써주신 부적을 침대 밑에 넣은 그날 밤부터 악몽이 감쪽같이 사라진 거 있죠. 매일 밤 알루미늄 배트로 태형을 받느라 몸부림을 쳤거든요. 처음엔 미신이라고 무시했어요. 그런데 그게 아닌 거예요. 저와 같이 악몽을 꾸시는 분이 있다면 망설이지 마세요. 화면 하단에 표시된 주소로 바로 방문하세요."

아버지는 입술을 잡아당겨 담배를 충분히 보충한 다음 침을 뱉어 담을 페트병 하나를 챙겼다. 신들린 무당처럼 육층 계단을 내달렸다.

거리로 나간 아버지는 슬리퍼를 질질 끌며 광고에 나온 주소로 걸어갔다. 잔디 깎는 아르바이트를 했던 주택가 근처여서 찾아가는 데 어려움은 없었다.

장기간 지속된 불면 덕분에 세상은 고장 난 텔레비전 화면만큼이나 해상도가 떨어져 보였다.

야구선수 출신인 아버지가 무당을 찾아간 일화를 이야기할 때마다 듣는 이들은 얼토당토않은 포수의 사인을 받은 투수처럼 고개를 절레절레 흔들었다. 마치 내가 짓궂은 농담이라도 던졌다는 식으로 소리 내어 비웃기까지 했다. 야구해설가가 꿈인 나에게 다음과 같은 말을 해서 씻을 수 없는 상처를 입히기도 했다.

"넌 야구를 해설하는 것보단 야구에 관한 소설을 쓰는 편이 훨씬 어울리겠다."

야구팬의 눈에는 그라운드를 누비는 야구선수들이 평범한 인간으로 보이지 않는다. 시속 150킬로미터를 넘나드는 빠른 공을 던지고, 치고, 받고, 다시 던지고, 치고, 받고……를 눈 하나 깜빡 않고 무한 반복하는 야구선수들은 요리 보고 조리 봐도 인간의 범주를 넘어선 초인으로 보인다. 사실, 야구선수들은 피와 살로 이루어진 인간이라기보다는 사지가 티타늄으로 제작된 육백만 불의 사나이에 가깝다고 할 수 있다.

육백만 불의 사나이라니, 갑자기 무슨 허언증이 도졌느냐고? 야구선수들이 육백만 불의 사나이라면 치어리더는 무슨 소머즈쯤 되냐고? 자 자, 흥분을 가라앉히고 내 말을 들어주기 바란다.

툭 까놓고 얘기하자면, 육백만 불의 사나이도 프로야구의 고액 연봉자 앞에서는 일개 서민에 불과하다. 잘해봐야 중산층이다. 메이저리그에는 천만 불의 사나이나 이천만 불의 사나이,

심지어 삼천만 불의 사나이도 수두룩하다. 육백만 불의 사나이를 능가하는 야구선수들이 정신적 고충에 시달린다는 사실은 그래서 일주일에 여섯 번 이상 야구장을 찾는 골수팬들조차도 이해하는 데 곤란을 겪는다.*

---

* 대다수의 사람들은 야구선수라면 개나 소나 고급 스포츠카를 끌고 다니며 여자 연예인과 심야 데이트를 즐기는 등의 화려한 생활을 누린다고 착각한다. 어찌 보면 그것은 너무나도 자연스럽고 당연한 오해의 소산이다. 왜냐하면 그들이 보고 듣고 접하는 것이 소위 잘나가는 프로선수들, 그중에서도 상위 일 퍼센트에 해당하는 억대 연봉 선수들, 다시 말해 「야구가중계」에 나오는 유명 선수들의 이야기니까. 모 투수는 공 하나를 던질 때마다 천이백만 원을 번다느니, 모 타자는 홈런 하나를 칠 때마다 빌딩이 하나씩 생긴다느니, 하는 눈이 휘둥그레지는 성공 스토리 말이다.

신문 경제면이나 사회면을 펼치면 매일같이 등장하지만, 스포츠 신문에는 절대로 등장하지 않는 용어가 하나 있다. 양극화 현상. 기실 그 양극화 현상이 가장 두드러진 곳이 어딘 줄 아는가? 바로 야구판이다. 날이 갈수록 억대 연봉을 받는 선수의 수는 증가하고 있다. 매년 최고 연봉 기록도 경신되는 추세다. 사천만 불의 사나이나 오천만 불의 사나이도 머지않아 탄생할 것으로 전망된다.

얼씨구나, 야구판이 점점 살기 좋아지는 것 같은가? 글쎄올시다. 이걸 알아야 한다. 승자독식의 야구판에서는 고액 연봉자의 수가 늘어나면 늘어날수록 최저 임금을 받는 비정규직 선수의 수는 폭발적으로 증가한다. 일류 선수의 상징인 육백만 불의 연봉을 받는 선수가 한 명 늘 때마다 육백만 명의 비정규직 선수들은 깊은 시름에 잠긴다.

부익부 빈익빈 현상이 가속화된 지금, 야구로 밥을 벌어먹고 사는 이들의 평균 임금은 얼마나 될 것 같은가? 놀라지 마라. 그들의 평균임금은 88만 원에 불과하다. 공 하나를 던지고 버는 돈이 아니라 한 달 동안 어깨가 빠질 정도로 공을 던져서 받는 월급이 말이다. 실제로 보통의 야구선수들은, 그러니까 스포츠 뉴스에는 소개되지 않는, 2군과 3군, 4군, 5군, 6군……을 전전하는 무명 선수들은 극심한 생활고를 비롯하여 육백만 가지의 정신적 야구공을 분해하는 신성 모독을 저질러본 이들은 안다. 단단한 외면과 정반대로 그 내면이 얼마나 부드러운지. 뼈대 있는 훌리건의 자손답게 나는 이미 여러 번 신성을 모독해봤다. 야구의 신이시여 용서하소서! 야구선수들의 영혼은 부드럽고 연약한 야구공의 내면을 그대로 닮았다. 그래서 조그마한 실투나 에러 하나에도 쉽사리 상처받고 괴로워한다.

몰지각한 축구팬들은 페널티킥이야말로 스포츠가 보여줄 수 있는 가장 극적인 순간이라고 주장한다. 한술 더 떠 『페널티킥 앞에 선 골키퍼의 불안』*과 같은 축구 서적을 슬쩍 권하기까지

고충에 시달리고 있는 형편이다.
벌써 감을 잡았는지 모르겠으나, 내 이야기에 등장하는 모든 각주는 영양가 없는 야구계 뒷담화나 본문의 내용과 모순된 정보가 태반이다. 읽어봤자 눈만 피로할 뿐이고, 깊이 생각해봤자 골치만 썩일 뿐이다. 당신의 시력과 정신 건강을 위해서라도 무시하고 건너뛰기를 강권하는 바다.

* 스포츠 문학계에서 통상 야구 소설은 순수 문학으로, 축구 소설이나 농구 소설은 통속 문학으로 분류된다. 축구 소설의 대문호 페터 한트케조차 이러한 한계를 극복하지 못한 것으로 평가된다.
만약 페터 한트케가 『페널티킥 앞에 선 골키퍼의 불안』과 같은 축구 소설이 아니라 본격 야구 소설을 썼다면 어땠을까? 야구의 명예를 걸고 장담하건대, 노벨문학상을 최소 세 번은 수상했을 것이다.
참고로 덧붙이자면 친훌리건(pro-hooligan) 소설은 금지 문학에 해당한다. 야구의 현실을 호도하고 훌리건의 삶을 미화하는 소설과 그 저자는 분서갱유의 대상이다.
이쯤에서 분명히 해둘 게 하나 있다. 내 이야기는 훌리건을 옹호하거나 찬양하는 소설이 절대, 절대, 절대 아니다. 야구에 관한 이야기이다. 부디 자비를!

한다. 그럴 적마다 우리 야구팬들은 피식, 실소를 한다.

라인 위로 굴러가는 축구공을 바라보는 골키퍼의 좌절감이란 스트라이크존을 통과하는 야구공을 바라보는 타자의 그것에 비하면 어린아이의 엄살에 불과하다.

마운드 위의 투수나 타석에 들어선 타자에겐 매 순간이 페널티킥이다. 야구에서는 공 하나가 세이프와 아웃, 즉 생사를 가른다. 세 명의 타자가 아웃, 그러니까 죽어야지만 한 회가 종료된다. 각각의 팀은 9회까지 스물일곱 번의 죽음을 겪어야 한다. 만약 연장전이라도 벌어진다면? 그야말로 홀로코스트다.

이와 같은 승부의 중압감을 견디다 못한 야구선수의 영혼은 미신에 취약한 면모를 보일 수밖에 없다. 중요한 경기를 앞두고 면도나 목욕을 거르는 것은 애교로 봐줄 정도다. 모 선수는 빨지 않은 양말 한 켤레로 한 시즌을 치른다. 모 타자는 스프레이로 야구 배트에 부두교 부적을 그려놓기도 한다. 모 투수는 포춘쿠키 안의 메시지가 불길하면 등판을 거부해 감독의 골머리를 썩인다.

물론 무당을 찾아간 야구선수 출신도 아버지가 처음은 아니었다. 이름을 밝힐 수 없는 명포수는 단골 점쟁이가 시합 전날 볼 배합을 점지해준다는 소문이 파다하다. 적자생존의 플래툰 시스템*에서 살아남기 위해 초구를 공략해야 할지 말아야 할지

---

* '영원한 주전도, 영원한 후보도 없다'는 모토를 내세우는 플래툰 시스템

를 문의하는 좌타자 역시 점집의 단골이다. 무당의 조언을 듣고 조상의 묏자리를 바꾼 뒤 홈런왕에 등극한 선수도 있다.

실명이 확인되지 않은 정보는 신뢰할 수 없다고? 그럼 부득이하게 당신도 알 만한 유명인의 사례를 들겠다. 홈런왕 베이브 루스를 모르진 않을 것이다. 뉴욕 양키스 시절 그는 야구모자 속에 시퍼런 양배추 이파리를 넣는 기행으로 유명했다. 공식 인터뷰에서는 머리의 열기를 식히기 위한 민간요법이라 주장했지만, 그 양배추가 부적이었다는 건 이미 오래된 야구계의 정설이다.

메이저리그에서 이십일 년간 729개의 홈런을 기록한 전설적인 4번 타자조차 미신에 혹하는 것을 보면 프로도 아닌 아마추어 출신인 아버지가 무당을 찾아간 것은 그다지 놀랄 일이 아니다.

"십이 년 전의 야구 경기가 왜 자꾸 꿈속에 나타나는지 모르겠습니다. 그 경기를 마지막으로 야구공을 손에서 놓았는

(platoon system)은 한 포지션을 두고 기량이 대등한 선수 여럿을 경쟁시키는 현대 야구의 운영체제다. 플래툰 시스템이 주류가 된 야구판에는 영원한 붙박이 주전, 즉 철밥통은 없다. 이러한 무한 경쟁 체제는 선수들의 전투력을 극대화시키는 한편, 지나친 내부 경쟁으로 인해 극심한 스트레스를 유발하기도 한다. 야구선수들에게 루게릭병, 스티브블래스 증후군, ADD 증후군, 버거씨병, 살리에르 증후군, 스탕달 증후군, 외상후스트레스장애, 공황장애, 수면장애, 백반증(먹는 백반이 아니다!) 등의 발병률이 유독 높은 것은 단순한 우연이 아니다.

데……"

아버지는 담배를 씹으며 악몽에 관해 얘기하기 시작했다. 시합 당일의 날씨, 볼 카운트, 포수의 사인, 구질, 상대 타자의 버릇에 대해 설명하는 틈틈이 아버지는 무릎 옆에 놓인 오백 밀리리터 페트병에 침을 뱉었다.

탁자 하나를 놓고 마주앉은 박수무당은 군대에서 축구한 이야기를 듣는 여자처럼 졸린 표정으로 턱을 괴고 있다가 침 뱉는 소리에 놀라 몸을 뒤척였다.

광대뼈가 부드럽게 돌출한 박수무당은 야구 유니폼과 야구모자를 갖추고 있었으나 광고에서 봤을 때와는 다르게 차림새가 어설퍼 보였다. 시구를 던지는 여자 아이돌의 코스프레보다도 진정성이 없어 보였다.

정상적인 선구안을 지닌 이라면 스포츠 복권 한 장 적중시키지 못하게 생긴 선무당을 본 순간 주저 없이 발길을 돌렸을 것이다. 차라리 점쟁이 문어 파울*을 찾아가는 편이 백번 나았다.

---

* 점쟁이 문어 파울은 제19회 남아공 월드컵이 낳은 최고의 스타다. 무척추 해양 동물이 축구나 월드컵과 무슨 상관이냐고? 여덟 개의 유연한 다리를 이용해서 드리블이라도 하냐고? 아니면 오동통한 다리로 중거리 슈팅이라도 때리느냐고? 물론 아니다. 파울의 신성한 문어발은 드리블이나 슈팅과 같은 발장난을 위한 것이 아니다. 남아공 월드컵에서 그는 결승전을 포함하여 총 여덟 경기의 승패를 예언했다. 그리고 예언은 귀신같이 적중했다. 그의 예언 앞에서는 리오넬 메시의 팬텀 드리블도, 크리스티아누 호날두의 무회전 슈팅도 속수무책이었다.

그러나 아버지의 선구안은 극심한 슬럼프에 빠진 타자마냥 흐려져 있었다. 터무니없는 공에도 배트를 휘두를 정도였다. 날아오는 농구공에도 헛스윙할 판이었다.

파울의 예언 방식은 축구 경기보다도 단순해 보이지만 알고 보면 심오하기 그지없다. 파울이 거주하는 수족관에 축구 시합을 벌일 각국의 국기가 부착된 투명 상자 두 개를 집어넣는다. 각각의 상자 안에는 파울이 좋아하는 신선한 홍합이 하나씩 들어 있다. 베를린 필하모닉 오케스트라가 연주하는 월드컵 주제가가 울려퍼지면 파울이 승리 팀의 홍합을 선택하여 먹는다. 양 팀 간의 전력 차가 심한 경우에는 몇 분 안에 예언이 이뤄졌으나, 전력이 비등한 경우에는 축구 경기 시간인 구십 분을 훌쩍 뛰어넘기도 했다.
파울이 축구팀의 운명을 점지하는 모습은 세계 각국으로 생중계되었다. 굵고 기다란 발로 홍합을 우아하게 집어먹는 파울의 모습은 전 세계 시청자의 손에 땀을 쥐게 만들었다. 페널티킥을 지켜볼 때보다도 수십 배의 아드레날린이 분출되었다. 파울의 예언 방송은 뒤이어 벌어진 축구 경기보다도 시청률이 훨씬 높았다. 결과를 뻔히 아는 축구 경기를 보며 시간 낭비를 할 한심한 인간이 지구상에 몇이나 되겠는가?
남아공 월드컵이 폐막하고 나서 점쟁이 문어 파울의 주가는 나날이 치솟았다. 그의 예언에 힘입어 대망의 월드컵 우승 트로피를 들어올린 스페인은 파울에게 등번호 8번이 새겨진 국가대표 유니폼을 선물했다. 숫자 8은 파울이 신통력을 발휘한 경기 수이자 그의 다리 개수다. 러시아의 한 도박회사는 파울을 스카우트하기 위해 천문학적인 액수의 연봉을 제시했으나 일언지하에 거절당했다. 세계적인 음료회사인 펩시콜라는 베컴을 비롯한 여러 스포츠 스타들을 마다하고 파울을 전속 광고모델로 전격 기용했다. 광고 속에서 그는 코카콜라와 펩시콜라 중에서 펩시를 선택했다.
파울은 예지력을 앞세워 정치, 경제, 문화계로 진출하여 전성기를 누렸다. 그는 차기 러시아 대통령 당선자를 예언하는 등의 정치적 영향력을 행사했으며, 의류나 장난감, 책가방을 비롯한 다양한 캐릭터 상품의 모델로 활동했으며, 멸종 위기의 바다거북을 구하기 위한 홍보대사로 임명되었으며, 엘비스 프레슬리의 추모앨범에서는 개다리춤보다 난이도가 스물세 배나 높은

"무좀이란 게 원래 그래. 악몽과 같은 속성이 있어서 오랜 시일 잠복해 있다가 한번 형체를 드러내면 좀체 가시지가 않아."

박수무당은 염주를 만지듯 발가락을 차례로 만지작거렸다. 그의 거동 중 유일하게 신성스러워 보였다.

문어다리춤을 선보여 선풍적인 인기를 끌었으며, 각종 해양 영화에 출연하여 세계 유수의 영화제에서 주연상을 거머쥐기도 했다.
문어 파울의 문어발 확장을 지켜보던 한국의 시민들은 고개를 끄덕이며 다음과 같이 감탄했다고 한다. 비늘 없는 생선 주제에 제사상에 오르는 데는 다 그럴 만한 내력이 있단 말이야.
그렇다고 해서 파울의 삶이 순탄했던 것만은 결코 아니다. 예언의 희생자 혹은 피해자라고 할 수 있는 패전 팀의 훌리건들은 강한 적개심을 드러내며 이를 갈았다. 그의 측근에 의하면 문어 파울은 훌리건들의 공갈과 협박에 밤낮으로 시달렸다고 한다. 눈에서 먹물을 쪽 빼버리겠다거나, 문어숙회를 만들어버리겠다거나, 다코야키로 요리해버리겠다는 등. 문어회를 쳐버리겠다는 위협은 안부 인사 수준이었다.
언젠가부터 훌리건 사이에서는 악성 유언비어가 퍼지기 시작했다. 족집게 문어 파울의 오동통한 다리를 데쳐 초장에 찍어 먹으면 어떠한 불운이나 악운도 피해 갈 수 있다는 괴소문은 당신도 들어본 적이 있을 것이다. 문어발 부적 한 개면 축구사에서 가장 무시무시한 펠레의 저주마저도 무마시킬 수 있다고 하니, 누군들 미혹되지 않겠는가. 이러한 뜬소문을 철석같이 믿는 훌리건들 때문에 파울은 대부분의 생애를 특수 제작된 방탄 유리관 안에서 보내야 했으며, 언제나 자신의 다리 개수보다 많은 수의 경비원을 대동하고 다녔다.
파울은 대인기피증, 광장공포증, 불면증, 공황장애, 우울증, 신경쇠약, 강박증, 그리고 초고추장 공포증으로 이뤄진 8종 불안 세트에 시달리다가 결국 은퇴 선언을 했다. 그는 스포츠는 물론이고 정치, 경제, 문화 등에 대한 예언 사업을 중단하고 자신의 고향인 독일 오베르하우젠 수족관에서 칩거하며 여생을 보냈다. 사후에는 그의 업적을 기리는 기념비가 세워지기도 했다.

"무좀이라뇨?"

아버지가 당황하며 물었다.

"앗, 미안. 요즘 무좀이 심해져서 잠깐 혼동했어. 무등산 정기를 받으러 스프링캠프를 다녀온 뒤로 발이 요 모양 요 꼴이란 말야. 이게 어디 무당 발이야? 운동선수 발이지. 그런데 내가 지금 무슨 소릴 하는 거지, 그러니까 내가 하려던 얘기는 악몽 같은 무좀, 아니 무좀 같은 악몽에 대해서였어. 그건 그렇고, 시합이 끝나고 나서 어떤 끔찍한 일이 벌어지지? 야구방망이로 태형을 당하나?"

아버지가 고개를 저었다.

"야구공으로 돌팔매질을 당하나?"

아버지는 고개를 저었다.

"높게 쌓인 나무 배트 위에서 화형을 당하는구먼?"

아버지는 고개를 저었다.

"그러면?"

무당이 발바닥을 긁으며 물었다.

"사실은……"

아버지의 입에서는 마른침이 분비되어 나왔다. 아버지는 페트병에 침을 뱉고 나서 개작두에 대해 얘기했다. 페트병 안쪽 표면을 타고 흘러내리는 타액이 형광등 불빛에 반지르르했다.

"시방 뭐라고 했어? 개작두라고 했어? 요즘 세상에 작두가 어디 있어? 전기의자나 가스실, 총살, 교수형도 아니고 이십일 세기에 야만스러운 작두라니. 아무리 꿈이라지만 너무 허무맹랑한 거 아냐? 사극을 많이 봐서 머리가 어떻게 된 거 아니냐고?"

무당은 귀신을 본 것처럼 화들짝 놀랐다.

"제가 듣기론 무당은 날 선 작두 위에서 맨발로 춤도 춘다던데, 아닌가요?"

아버지가 무당의 발을 쳐다보며 물었다.

"미쳤어? 위험하게 작두를 왜 타? 이거 이거 큰일 낼 양반이야. 어쩐지 처음 보는 순간 관상이 범상치 않다고 했어. 이제 보니 딱 훌리건 관상이구먼. 지저분한 침 좀 작작 뱉어. 부정 타게시리."

아버지의 얼굴이 어두워졌다. 무당이라면 작두에 관한 전문가일 거라 기대했는데.

"걱정 붙들어매. 야신의 에이전트인 나를 찾아온 이상 초구 스트라이크를 잡은 거나 다름없어. 이제 유인구 하나면 악몽 따윈 바로 내야 땅볼 아웃이야. 이거나 좀 흔들고 있어."

아버지에게 딸랑이를 쥐여준 박수무당은 비쩍 마른 정강이와 가슴에 보호대를 걸친 후 포수 마스크를 썼다.

"얼마 만에 착용하는지 모르겠군. 이제 야신이 던지는 유인구를 받아낼 거야. 잘 좀 흔들어봐."

딸랑거리는 장단에 맞춰 무당은 포수 미트를 휘저으며 방을 몇 바퀴 돌다가 쭈그려 앉았다. 변비 환자같이 오만상을 찌푸리며 부실한 하체를 부들부들 떨었다. 손가락을 쥐었다 폈다 하며 야신에게 사인을 보냈다. 포수 미트를 고정했다.

"일구일혼(一球一魂), 일구일혼, 일구일혼……"

잠시 후 야신의 유인구를 받아낸 무당은 털썩 주저앉았다. 이른 새벽 천안문 광장에서 태극권을 하는 아흔 살 노인의 몸동작처럼 조촐한 퍼포먼스였다. 땀을 비 오듯 쏟았지만 운동 부족 말고 다른 신성한 이유는 없어 보였다.

"이제 야신이 그려진 부적 하나를 줄 테니, 침대 밑 깊숙한 곳에 둬. 그러면 악몽 따윈 즉시 아웃이야."

포수 장비를 아무렇게나 벗어젖힌 무당은 책상 서랍에서 노란색 종이 한 장을 꺼냈다. 부적은 주차위반 딱지보다 허술해 보였다.

"용한 무당은 악필인 거 잘 알지?"

부적을 내밀며 무당이 말했다. 누런 괴황지에는 검은색 골키퍼 유니폼을 입은 남자의 캐리커처와 함께 레프 야신이라는 네 글자가 한글로 적혀 있었다. 급류에 휩쓸린 오리배 위에서 쓴 것처럼 필체가 괴발개발이었다.

"이건 러시아의 전설적인 골키퍼 야신 아닌가요? 야구 유니폼이 아니라 축구 유니폼을 입고 있잖아요. 이거 말고 진짜 야신,

야구의 신이 그려진 걸로 주세요."

"그건 곤란한데. 내게 강림한 것은 그 야신이 아니라 이 야신이라서…… 골키퍼 야신이 어디가 어때서 그래? 야식의 신을 내림받은 것보다 훨씬 낫잖아."

발바닥을 박박 긁으며 무당이 말했다.

"광고랑 얘기가 다르잖아요."

아버지가 따졌다.

"광고를 내가 만들었어? 정 따지고 싶으면 복채를 케이블 광고로 때운 건너편 비디오 가게 주인 김감독에게 따져야지 왜 나한테 지랄이야?"

"아까 포수 장비를 착용하고 유인구를 받은 건 무슨 퍼포먼스였나요?"

"야구가 전망도 좋고, 소득도 높다고 해서 얼마 전에 업종을 살짝 변경했어."

별안간 무당이 발끈했다.

"그런데 골키퍼가 유인구를 던지면 안 된다는 법이라도 있어? 이승에서 축구를 했으면 저승에서는 야구로 전향할 수도 있는 거잖아. 축구가 비인기 종목이라고 업신여기는 거야 뭐야? 농구의 신 마이클 조던*도 농구와 야구 사이를 오락가락했잖아.

---

* 시카고 불스를 삼 년 연속 우승으로 이끈 마이클 조던은 자신이 광고하는 농구화 에어 조던의 판매량이 마이클 잭슨의 앨범 판매량을 넘어선 1993년 10

도대체 뭐가 불만이야? 용하면 장땡 아냐? 내가 써주는 부적 하나면 뉴욕 양키스의 4번 타자 루 게릭이 걸렸다는…… 그 무슨 병이더라…… 신기가 떨어졌나, 병명이 생각나질 않네. 거시기 있잖아. 근위축, 근력 약화, 근섬유속성연축 등의 현상이 나타나는 퇴행성 신경계 질병으로 대뇌 및 척수의 운동 신경세포만 선택적으로 사멸되어 '운동 신경원 질환'으로도 불린다, 라고 백과사전에 설명된 희귀병 있잖아? 운동 신경세포가 파괴

월 6일 "농구에서 더 이룰 것이 없다"며 은퇴 선언을 한 후 야구로 전향한다. 야구선수가 된 마이클 조던은 마이너리그 더블 A에서 타율 2할 2리, 3홈런, 51타점, 삼진 114개, 도루 30개(도루 실패는 18개)란 초라한 성적을 거두었다. 시즌 내내 그를 뒤따라 다니던 훌리건들은 그의 이름을 이용한 농담을 개발하기도 했다.
"야, 경기 중에 마이클 졸던?"
"강속구에 마이클 쫄던데."
이러한 농담들이 유행처럼 번진 탓에 야구팬 중에는 그의 이름을 마이클 졸던이나 마이클 쫄던으로 잘못 알고 있는 경우가 많았다. 이러한 굴욕을 견디다 못한 마이클 조던은 결국 메이저리그의 문턱조차 밟아보지 못하고 농구로 복귀한다. 그의 결단이 조금만 늦었더라도 최불암 시리즈에 버금가는 마이클 조던 시리즈가 유머집으로 출간되었을지도 모른다(『마이클 쫄던?』이라는 제목으로 출간되었다는 후문이 있으나 아직까지 사실 여부가 확인되지 않는다).
농구에서 더 이상 이룰 것이 없다고 했던 마이클 조던은 야구에서는 아무것도 이루지 못했다. 그래도 그가 소속팀인 시카고 화이트 삭스에 기증한 리무진 버스는 꽤 오랫동안 요긴하게 쓰였다.
농구는 마이클 조던을 신으로 기억하지만, 야구는 그를 그저 그런 삼류 선수로 기억한다.

되어 음식도 못 먹고, 숨도 못 쉬게 되는 불치병 말이야. 일 년에 인구 만 명당 한 명꼴로 발병하는 그 병 몰라? 그 병을 진단받고 루 게릭이 이 년 만에 황천길 갔는데……"

"혹시 루게릭병을 말씀하시는 건 아니죠?"

아버지가 물었다.

"그래, 바로 그거야. 내 부적 한 장이면 루게릭병도 완투 아니, 완치할 수 있어. 그러니 괜한 꼬투리 잡지 말고 복채나 두둑이 내놔. 설마 내가 선무당이라고 개무시하는 거야 뭐야?"

"그게 아니라……"

아버지는 수중에 가지고 있는 돈을 몽땅 복채로 지불하고 나서야 밖으로 나올 수 있었다. 주머니에 부적을 쑤셔넣은 채 걸어가는 아버지의 등 뒤에서 박수무당이 소리쳤다.

"AS가 필요하면 언제든지 찾아와. 신명 나게 굿판을 벌여 야신의 결정구를 받아줄 테니."

비바람에 찌든 낮고 좁은 건물들이 길을 따라 다닥다닥 붙어 있었다. 건물들은 홈으로 귀환하는 주자들의 발 때가 잔뜩 탄 홈플레이트를 연상시켰다.

거리엔 바람 한 점 불지 않았다. 건물 외벽에 위태롭게 매달려 있는 에어컨 환기구만이 뜨거운 한숨을 푹푹 내쉬었다. 닫힌 창문들을 열어젖히면 야구 중계가 들려올 것만 같은 저녁나

절이었다.

비좁은 복도를 내닫을 때처럼 바닥에 슬리퍼 닿는 소리가 크게 울렸다. 그 소리에 놀란 아버지는 자꾸만 발밑을 내려다봤다. 왜소한 발에 꿰어져 있는 삼선 슬리퍼가 유난히 커 보였다. 슬리퍼가 무기력한 주인을 억지로 끌고 가는 듯했다.

길 건너편에서 외국인 노동자 셋이 걸어왔다. 일터에서 곧장 나왔는지 얼룩이 묻은 회색 작업복 차림이었다. 큰 보폭으로 걸어오던 그들은 이층에 당구장이, 지하에 탁구장이 세들어 있는 건물 앞에서 발길을 멈추었다. 일층 중국집에서는 기름에 야채를 볶는 냄새가 풍겨 나왔다. 서로 다른 국적을 가진 듯한 그들은 한국어로 대화를 나눴다. 전라도 사투리도 간간이 들려왔다. 잠시 후 그들은 계단을 올라갔다.

아버지가 근무하던 조경회사에도 이주노동자가 더러 있었다. 그들 대부분은 야구가 없는 제3세계 국가 출신이었다.

그들은 기본적인 야구 규칙조차 숙지하지 못했음에도 야구장 구경을 가고 싶어했다. 켄터키 블루와 같은 최상급 천연 잔디가 깔린 야구장은 제3세계 이주노동자들이 가장 방문하고 싶어하는 관광 명소였다. 그러나 그들 대부분은 동네 탁구장의 녹색 테이블이나 당구장의 녹색 다이에 만족해야만 했다.

아버지가 거주하던 도시에는 야구장이 없었다. 십이 년 넘게 세 명의 시장이 정치 생명을 걸고 야구장 유치에 총력을 기울였으나 번번이 고배를 마셨다.

걸어가는 내내 아버지는 진액이 다한 담배를 질겅질겅 깨물었다. 부적 값을 바가지 쓴 탓에 입안의 담배를 뱉어내면 당분간 니코틴을 보충할 길이 없었다. 그러나 아버지에게는 그보다 다급한 문제가 있었다. 바로 코앞에.

한 사람이 겨우 지나갈 만한 협소한 골목 맞은편에서 붉은 눈동자 두 개가 아버지를 올려다보고 있었다. 시커먼 개가 치약 광고모델처럼 반짝이는 이빨을 드러내며 서 있었다. 거리에서 뒹구는 남루한 개의 치아라고는 믿을 수 없을 정도로 가지런하고 깨끗했다. 어느 용감한 수의사가 불현듯 나타나 개의 아가리를 벌려 머리를 집어넣고 꼼꼼히 살핀다 해도 충치 하나 발견하지 못할 것 같았다.

뾰족한 양쪽 귀는 누군가의 명령을 기다리는 것처럼 곧추서 있었다. 헤비급 복서처럼 두꺼운 목에는 줄이 매여 있지 않았다. 개는 아버지의 여섯번째 손가락을 노려봤다. 아버지의 그림자가 공수증에 걸린 것마냥 부들부들 떨었다. 아버지는 본능적으로 뒤꿈치를 들어올렸다.

일순 세찬 바람이 불었다. 아버지의 귀에는 바람이 '쳐라, 쳐라, 쳐라'라고 명령하는 것처럼 들렸다. 아버지는 반대편으로 몸을 돌려 냅다 줄행랑쳤다. 개가, 작두처럼 날카로운 이빨을 가진 개가 아버지를 뒤쫓았다.

아버지는 베이스라인이 그려져 있지 않은 복잡한 거리를 마구 달렸다. 어두운 밤길은 1루와 2루 사이에 그려진 베이스라인보다 좁게 느껴졌다. 갈팡질팡하던 아버지는 슬리퍼를 벗어 던지고 맨발로 전력 질주했다. 개는 냄새나는 슬리퍼 따윈 거들떠보지 않았다. 자신의 표적이 아니라는 듯. 아버지는 여섯 손가락을 그러쥐었다.

네 발 달린 추격자는 일정한 간격을 유지하며 두 발 달린 도망자의 힘을 서서히 빼놓았다. 개 짖는 소리가 골목 가득 울려 퍼졌다.

괜찮아, 겁먹을 거 없어. 짖는 개는 절대로 물지 않는 법이야. 그러나 만약 미친개라면?

아버지의 발걸음이 점차 흐트러졌다. 다리를 멈출 힘조차 상실해버렸다. 땅 위로 세 바퀴나 굴러 나자빠졌다. 이제 올 것이 왔다. 아버지는 두 눈을 질끈 감았다.

꽤 오랫동안 적막한 시간이 흘렀다. 아버지는 슬며시 눈을 떴다. 개는 보이지 않았다. 아버지는 몸을 일으켜 세운 뒤 주변을 살폈다. 금이 간 돌벽에 붉은 스프레이로 휘갈겨 쓴 낙서가 눈에 들어왔다.

여기에 들어온 자, 모든 희망을 버려라.

금세 상황 파악이 되었다. 아버지는 훌리건 거리에 와 있었다.

개는 아버지를 포기한 게 아니었다. 두려워서 도망친 것이었다. 훌리건 거리를 야밤에 활보하다가는 제아무리 사나운 개라도 엉덩이를 물리지 않고는 못 배길 거였다. 훌리건은 사냥개보다도 튼튼한 이빨을 가졌다.

아버지가 거주하던 도시는 훌리건의 수맥이 흐르는지 급진좌파 훌리건부터 강경보수 훌리건까지 숱한 훌리건을 줄줄이 배출한 걸로 악명 높았다. 훌리건의 전성 시대였던 야구 대공황 시절에는 훌리건 신인 드래프트에서 1순위에 지명된 대어만 해도 사열 종대 앉아 번호로 연병장, 아니 야구장 두 바퀴였다. 야구선수도 간신히 몇 명 배출하긴 했다. 그러나 아니나 다를까, 그들 역시 은퇴 후 다짐이라도 한 듯 하나같이 훌리건의 길을 걸었다.

불과 이틀 전에도 야구방망이로 무장한 훌리건들이 출몰해 밤새 난동을 부렸다. 스포츠 뉴스에 의하면 천만 다행히도 인명 피해는 없었으나, 반경 오 킬로미터 안에 있는 자동차 사이드미러는 모조리 땅바닥에 나뒹굴었다고 한다. 이것이 야구장이 없는 도시에서 훌리건들이 야구를 하는 방식이었다. 훌리건들은 유령처럼 야간 경기를 즐겼다.

현장에서 체포된 사십대 남성은 야구모자를 깊이 눌러쓰고 있었다. 얼굴이 모자이크 처리된 그는 야구적 충동을 억누를 길이 없어 거리에서 야구 배트를 휘둘렀다고 진술했다. 야구적 충동이 반야구적 행위로 이어진 셈이다.

홀리건의 손에 쥐어지는 순간 신성한 야구 배트는 끔찍한 흉기로 변모한다. 야구장 밖에서 야구방망이를 휘두르는 것은 중범죄에 해당한다. 탁구채나 당구 큐대를 휘두르는 것과는 수위부터가 다르다. 탁구채나 당구 큐대가 나약한 목재에 불과하다면 잘 가공된 야구 배트는 흉기나 다름없다.

홀리건이 휘두르는 배트의 스윙 속도와 궤적을 상상하자 아버지의 걸음이 빨라졌다.

광 복 절　특 사

훌리건 1가, 2가, 3가를 지나 무사히 귀가했을 때 아버지는 홈플레이트를 밟은 주자처럼 마음이 놓였다. 허리를 숙여 거칠어진 호흡을 다스린 뒤 문구멍에 열쇠를 집어넣었다. 손끝에 맺혀 있던 땀방울이 열쇠의 매끄러운 곡선을 타고 흘러내렸다.

"오랜만이야, 형."

등 뒤에서 들린 목소리에 아버지는 열쇠를 떨어뜨릴 뻔했다. 아버지는 예기치 못한 불청객을 향해 뒤돌았다.

긴 머리를 포니테일로 묶은 여자가 야구공을 감싸듯 포심*으

* 검지와 중지로 야구공의 실밥을 가로질러 잡는 포심(four seam)은 야구의 가장 기본적인 파지법이다. 손가락이 솔기(seam)와 만나는 지점이 네 군데라는 데에서 명칭이 유래했다. 포심으로 던지는 강속구는 포심 패스트볼(four

로 두부를 잡은 채 베어먹고 있었다. 비닐에 싸여 있는 두부가 눈부실 정도로 하얬다. 간장도 바르지 않은 두부를 맛있게 먹는 여자는 누구인고 하니 아버지의 첫사랑, 내 어머니였다. 연한 두부조차 짓누르지 못할 것 같은 가느다란 손가락을 가진 그녀는 부드러운 운지법으로 아버지의 일생을 좌지우지했다.

"설마 탈, 탈옥한 거야?"

아버지의 목소리가 떨렸다.

"큰집에서 쫓겨났어. 시위를 선동한다나 뭐라나. 당분간 신세 좀 질게."

시민운동을 하다가 육 개월 형을 선고받은 어머니는 삼 개월 만에 광복절 특사로 가석방되었다. 사복 경찰에게 체포되어 끌려갈 때의 옷차림 그대로 헐렁한 흰 티셔츠에 물 빠진 청바지를 입고 있었다. 두부를 사러 동네 슈퍼에 다녀온 것 같은 모습

seam fastball)이라고 불리는데, 가장 빠르고 위력적인 구종이다. 구위가 워낙 강력해 돌직구라고도 불린다.
포심 패스트볼의 역사가 곧 야구의 역사, 아니 인류의 역사라고 할 수 있을 정도로 인간은 오랜 기간 포심 패스트볼을 던져왔다. 신석기 시대의 동굴 벽화는 신석기인들이 마구잡이로 돌을 던져 사냥한 게 아니라는 것을 증명한다. 신석기인들은 야구공처럼 둥글게 다듬은 돌을 포심으로 움켜쥐고 들소나 멧돼지의 스트라이크존을 정확히 맞췄다. 야구 인류학자들은 포심 패스트볼이야말로 신석기 혁명을 주도한 원동력이라고 평가한다.
기실 혁명이 있는 곳에는 언제나 포심 패스트볼이 있어왔다. 포심은 야구공뿐만 아니라 돌이나 화염병, 수류탄과 같은 혁명의 무기를 던지기에도 더없이 이상적이다.

이었다.

수배 중이었던 어머니는 아버지의 집에서 도피 생활을 했다. 삼 년째 엘리베이터가 수리 중인 육층 건물의 옥탑방은 어머니의 은신처였다. 장단음을 조합한 노크 암호를 만들 필요가 없을 정도로 숨어 지내기에는 제격이었다. 수배자가 어지간한 거물이 아니고서야 제아무리 성실한 경찰이라 해도 육층 계단을 오르내리는 수고를 무릅쓰진 않을 테니까. 그러나 자랑스럽게도 내 어머니는 그러한 수고가 아깝지 않은 여자였다.

"그동안 잘 지낸 거야?"

아버지는 어머니의 커다란 눈을 제대로 마주치지 못하며 물었다. 재회한 연인처럼 다정한 포옹이나 격정적인 입맞춤도 없었다. 교도소 면회실의 두꺼운 유리벽을 사이에 두고 일방적인 결별을 통고한 후로 아버지는 어머니를 찾아가지 않았다. 야속하게도 사식 한 번 넣어주지 않았다.

"나야 편지에 써서 보낸 것처럼 잘 지냈지. 답장도 없이 감감무소식이라 형의 안부가 궁금하긴 했지만."

어머니는 보기 좋게 살이 올라 있었다. 피부도 건강하게 그을려 있었다. 따뜻한 남쪽 지방에서 요양을 마치고 돌아왔다고 착각할 정도였다.

"콩밥이 몸에 좋긴 한가보다."

아버지는 어색한 분위기도 풀 겸 시답잖은 농담을 던졌다. 짐짓 미소를 지었지만 속으로는 어머니가 두부로 얼굴을 저격할까봐 조마조마했다.

"요즘에는 눈처럼 흰 쌀밥이 나오거든. 형이야말로 괜찮은 거야?"

아버지는 무너진 투구폼, 아니 인생의 폼을 감추려 했으나 슬리퍼를 잃어버린 지저분한 맨발처럼 숨길 수 없었다. 설령 아버지가 어지간한 유인구에는 배트를 휘두를 생각조차 않는 선구안이 뛰어난 수위타자의 눈은 속일 수 있다손 치더라도 어머니의 눈을 속이지는 못했을 것이다. 메이저리그 어느 명투수의 말대로 매의 눈을 가진 타자를 기만할 수 있을지언정 사랑하는 연인을 기만할 수는 없는 법이니까.

"이게 뭐야? 폭동이라도 벌어졌던 거야? 발 디딜 곳조차 없잖아."

아버지가 열어준 문 안으로 발을 들이민 순간 어머니는 창살 사이로 햇살이 비치던 독방이 그리워졌다. 아버지의 방에 비하면 어머니가 머물던 감방 3호실은 오성 호텔의 스위트룸이었다. 주름 하나 없는 침대 시트와 질서정연한 관물들.

어머니는 볼링핀처럼 목이 긴 술병들과 굴러다니는 맥주 캔, 둘둘 말린 종이타월, 찌그러진 담뱃갑 따위를 발로 치우며 길을 만들었다. 모든 사물에서 아버지의 침 냄새가 났다. 패전 팀의 경기장도 이보다는 나을 거였다. 고개를 돌리면 하얀 마스크를 쓴 환경미화원이 쓰레기통을 등에 멘 채 기다란 알루미늄 집게를 흔들며 인사를 건넬 것 같았다.

어머니는 오랫동안 닫혀 있던 창문을 열었다. 쓰러져 있는 의자를 세웠다. 동네 슈퍼에서 얻어온 하얀색 플라스틱 의자는 어머니가 연행되어 갈 때 몸싸움을 벌이다가 넘어트린 그 의자였다.

그때와 같은 상태로 방치된 의자를 보며 어머니는 경찰에게 체포된 그날 오후를 떠올렸다. 체포 직전 두 사람은 커버를 씌우지 않은 슈퍼싱글 매트리스 위에서 사랑을 나누고 있었다. 침대의 투덜거림도 창문을 통과한 네모난 햇빛도 여느 때와 다르지 않았다. 피임을 하지 않았다는 점을 제외하고는.

"이온음료 말고는 손도 안 대더니, 담배라니. 그것도 씹는담배라니. 도대체 그사이 무슨 일이 있었던 거야?"

어머니는 목이 긴 술병 하나를 들어 가볍게 흔들었다. 갈색 병 속에 가득한 체액이 기포도 없이 출렁거렸다.

"말해도 못 알아들을 거야. 야구에 관한 이야기라서……"

"무슨 소릴 하는 거야? 난 유치원 때부터 야구광이었어."

어머니가 말했다. 아버지는 악몽에 대해 털어놓을 수밖에 없으리란 걸 알았다.

"그날은 더블헤더를 치를 수 있을 정도로 햇빛이 가득한 날이었어. 물론 나를 기다리고 있는 짓궂은 운명에 대해서는 어떠한 전조도 느끼지 못했지. 9회 말 팀의 마무리 투수로 마운드에 올라선 순간까지도 말이야."

아버지는 침대 끝에 걸터앉아 자신의 은퇴 시합을 중계하기 시작했다. 그러나 어머니가 말을 가로막았다.

"잠깐만, 더블헤더가 뭐야?"

유치원 시절부터 야구광이었다는 어머니는 기초적인 야구 용어조차 알지 못했다. 어머니의 야구 지식은 야구가 없는 제3세계인들의 수준에도 못 미쳤다. 그러나 어머니의 눈빛은 진정한 야구광이라면 지식 따위에 구애받지 않는다고 주장했다.

"본격적인 이야기에 들어가기에 앞서 반드시 알아야 할 몇 가지가 있어. 우선 야구의 기원부터 시작할게. 야구의 기원은……"

아버지는 야구의 기원, 규칙, 용어, 역사, 명경기, 유명 선수들의 일화에 대해서 혀가 퉁퉁 붓도록 설명했다. 중간중간 투구 동작이나 야구공을 잡는 그립의 모양, 다양한 변화구에 대해 시범을 보이기도 했다. 금단 증상으로 인해 설명이 두서없고 아귀가 안 맞는 부분이 더러 있었지만, 알아먹기 어려울 정도는 아니었다.

아버지의 야구학 개론을 들으며 환호와 탄식, 야유를 보내는 어머니의 자태는 영락없는 야구광이었다. 그 덕분에 아버지는 담배에 대한 갈증을 견딜 수 있었다.

그때까지 두 사람은 야구에 관한 깊이 있는 이야기를 나눈 적이 없었다. 연애하면서 주고받았던 편지에서도 야구라는 단어는 언급된 적이 없었다. 야구를 그만둔 뒤로 아버지는 야구를 잊으려 애써왔다. 아버지에게 야구는 금지어였다.

그런데 한번 입을 열고 나니 필요 이상으로 많은 말이 쏟아졌다. 마침내 악몽의 근원인 은퇴 시합에 관한 이야기를 시작하려던 찰나 둘은 거의 동시에 침대 위로 쓰러졌다.

다음날 아침, 아버지는 눈을 뜨자마자 여섯번째 손가락을 점검했다. 손가락 끝이 공에 긁힌 감각으로 얼얼했다.

"무슨 꿈을 그렇게 사납게 꿔? 손가락 체조는 그만 하고 이거나 마셔."

어머니가 회색 음료가 든 유리컵을 내밀었다. 지독한 악몽의 여운에 잠겨 있던 아버지는 컵을 향해 손을 뻗는 대신 담배를 찾아 두리번거렸다. 씹다 버린 찌꺼기조차 눈에 띄지 않았다. 집 안은 교도소 점호에 합격할 정도로 말끔하게 치워져 있었다. 방바닥은 국가 대표 컬링 선수들이 막 경기를 치른 빙판처럼 반짝였다. 침 자국조차 없었다.

"한번에 쭉 들이켜."

아버지는 입을 떼지 않고 단숨에 컵을 비웠다. 이가 시리도록 차가운 이온음료가 몸속에 축적되어온 니코틴을 씻어내는 듯했다.

"하룻밤 사이에 부적의 효력이 없어진 건 아니겠지……"

유리컵을 탁자 위에 올려놓으며 아버지가 중얼거렸다.

"부적이라니? 뭔 소리야?"

아버지는 주머니에서 구겨진 부적을 꺼내 팔뚝으로 정성스레 편 다음 침대 밑에 깊숙이 넣었다. 어깨까지 침대 아래로 들어갔다. 하룻밤 사이 아버지의 심경에는 큰 변화가 일어났다. 악몽을 한 이닝 치르고 나니 선무당이 써준 종이 쪼가리에라도 매달리고 싶어졌다.

침대 밑에 부적을 내려놓고 손을 거두던 중 둥근 물체가 손에 잡혔다. 아버지의 손안에 딱 들어맞았다. 굳이 확인하지 않아도 정체를 알 수 있었다. 아버지는 침대 밖으로 팔을 빼냈다.

"악몽의 근원이 여기 있었군."

아버지는 자신의 손 위에 올려진 야구공을 내려다보며 중얼거렸다. 먼지로 분칠을 했음에도 야구공의 붉은 실밥은 핏줄처럼 선명했다. 아버지의 손이 부들부들 떨렸다. 야구공이 바닥으로 떨어졌다.

"악몽의 근원이라니? 무슨 말이야?"

떨어진 야구공을 주우며 어머니가 물었다.

"그 시합에서 내가 던졌던 공이야. 경기가 끝나고 아무도 이 공을 간직하고 싶어하지 않았어. 어쩌다 보니 내가 떠맡았는데…… 이게 왜 여기에……"

패전투수의 지문이 잔뜩 묻은 야구공을 보며 아버지는 야구를 포기하기로 결심한 어느 여름날을 떠올렸다.

선풍기 바람조차 뜨거운 오후였다. 동네 소각장을 찾아가 고별사도 없이 은퇴식을 치렀다. 야구선수의 명언을 적어둔 가죽 글러브와 잘 다려놓은 유니폼, 각 잡힌 야구모자, 좋은 냄새가 나는 스타킹, 정기 구독하던『월간 베이스볼』, 애지중지 모아온 야구 카드를 화염 속에 밀어넣었다. 그때 분명 야구공도 활활 타는 불꽃 속에 던졌을 텐데……

야구에 관한 추억을 삼킬 적마다 주황색 불길은 점점 거세졌다. 소각로에서 흘러나온 검은 연기가 아버지에게 작별의 악수를 청했다. 아버지는 검은 손을 붙잡고 흔들었다. 매운 연기 탓에 재채기가 났다. 눈물도 새어나왔다.

"어젯밤 중계하다 만 야구 경기를 말하는 거야?"

어머니가 물었다.

"응."

아버지는 지난밤에 중단된 야구 중계를 마저 했다.

이제 어머니도 더 이상 야구에 문외한이 아니었기 때문에 이해하는 데 큰 장애는 없었다. 물론 야구 지식을 급하게 소화하느라 축구나 농구를 비롯한 타종목과 혼동하는 부작용을 피할 수는 없었지만.

"그러니까 명백한 오심이었단 말이지? 형은 판결에 승복하지 못한 거고. 그래서 그 시합이 시퍼런 작두가 등장하는 악몽으로 재현된다는 거잖아?"

자칭 야구광인 어머니가 해몽을 했다.

"오심이 아니었어."

아버지가 어머니의 말을 정정했다.

"스트라이크존의 중심을 지났다면서? 퍼펙트 골드잖아?"

"스트라이크존을 지나긴 했지. 그렇지만 결국 '볼'로 판정이 난 거야. 중요한 건 심판의 판정이거든. 그리고 퍼펙트 골드는 양궁 용어야."

"항의는 했겠지?"

"당연히……"

아버지가 말끝을 흐렸다.

"당연히?"

"당연히, 하지 않았지."

"시속 백육십 킬로로 글러브를 내팽개치지도 않았고, 그라운드에 가래침도 뱉지 않았다고? 언성을 높이지도 않았고?"

"판정에 불복종하는 건 스포츠맨십에 어긋나는 불경스러운 언동이야. 항의라는 건 꿈속에서조차 해본 적 없어. 공이 투수의 손을 떠난 순간부터 투수가 할 수 있는 일은 없어. 그다음은 온전히 심판의 재량이야. 그게 야구의 윤리야. 나는 야구선수로서 합당한 처신을 한 것뿐이야."

어머니는 입술을 깨물었다. 두 사람의 교제를 반대하는 집안 어른들에게 아버지가 아무런 저항 없이 굴복했을 때도 그렇게까지 실망하지는 않았다.

"야구의 위대한 전통인 백 분 토론은 더 이상 존재하지 않는 거야?"

어머니가 물었다.

"백 분 토론이라니, 뭔 소리야?"

"진정한 야구광이 아니면 모르는 이야기니깐 잘 경청해. 소로, 간디, 마틴 루터 킹, 전태일과 같은 진짜배기 야구선수들은 자신의 손을 떠난 공을 방관한 적이 없었어. 단 한순간도 말이야. 그들은 오히려 그 순간부터가 야구의 진정한 시작이라고 믿어 의심치 않았지. 심판이 경기를 좌지우지하게 내버려두지 않았어. 아무리 사소한 판정이라 해도 시시비비를 가리는 데 소홀하지 않았단 말이야. 사실, 사소한 판정이란 말은 지적이고 수준 높은 스포츠인 야구에는 있으려야 있을 수가 없어. 공 하나하나에 대한 판정이 모두 중요하니까."

어머니가 열변을 토했다.

"야구선수였던 내가 왜 너한테 이딴 말을 들어야 하지?"

"형이 야구를 쥐뿔도 모르는 것 같아서 설명하는 거야. 잘 들어봐. 야구선수들은 자신들의 신념에 비추어 부당한 판정이 나왔을 때는 선수 생명을 걸고 난상토론을 벌였어. 벤치 클리어링도 마다하지 않았어. 야구장의 무게중심인 마운드로 집합한 양측 선수들은 격론을 주고받았어. 마치 캐치볼을 하듯이 말이야. 그때에는 '좌익'수나 '우익'수도 마운드로 다가왔어. 경기가 백 분 동안 중단되어도 불평을 토로하는 관중 한 명 없었어. 오히려 토론을 즐겼지. 그것이야말로 야구의 백미라고 할 수 있으니까. 단순한 공놀이를 보기 위해 비싼 입장권을 사는 게 아니잖아. 이따금 백 분이란 시간이 충분하지 않을 때도 있었지. 그럴 때는 경기장의 모든 관중이 납득할 수 있을 때까지 끝장토론을 벌이기도 했어. 일박 이 일 동안 끝장을 보지 못해도 경기장을 떠나는 비도덕적인 시민은 없었어. 납득이 되지 않는 상황에서 경기가 계속되어선 안 되지. 그게 야구의 윤리야."

어머니의 입에서 침이 마구 튀었다. 제구가 되지 않았다. 몇 개는 몸에 맞는 공이었다.

"난 더 이상 야구선수가 아니야. 일개 시민일 뿐이야."

"형 정말 이럴 거야? 삼 개월 만에 세상에 나온 나를 실망시키려는 거야?"

"너야말로 죗값을 치르고 새로운 삶을 일구어가겠다는 각오는 어디로 간 거야? 아직 뱃속의 두부가 소화되지도 않았을 텐데."

"무슨 소리야? 난 두부가 맛있어서 먹은 것뿐이야." 어머니가 말했다. "다시 한번 말하지만 부조리한 판정에 항의하지 않는 건 야구선수의 직무유기야."

"야구를 잊은 지 벌써 오래야."

아버지가 힘없는 목소리로 말했다.

"형은 야구를 잊었을지 모르지만, 야구는 형을 잊지 못했나 보지. 그래서 이렇게 야구공이 제 발로 나타났는지 몰라. 그래, 맞아. 그날의 오심을 잊지 못한 야구공의 꿈을 형이 대신 꾼 거야. 야구공은 꿈을 꿀 수 없으니까. 그때 글러브를 집어던지며 정당한 항의를 하지 못한 형을 원망하며 원통함을 호소하는 거야."

"억울함을 하소연하려면 포대인을 찾아가야지 왜 나한테 온 거야? 그것도 십이 년이나 지난 뒤에야."

"그거야 당연한 거 아냐. 야구공은 항의할 수 없잖아. 항의를 할 수 있는 건 야구선수뿐이잖아. 한번 야구선수는 영원한 야구선수야."

"말도 안 돼."

"그래, 바로 그거야. 어쩌면 이것은 우연이 아니야. 야구의 계시일지도 몰라."

"계시라니? 무슨 뚱딴지같은 소리야?"

"그래, 포청천의 오심에 항소하라는 계시가 틀림없어. 그래서 원통하게 판결된 야구공의 영혼을 구원하라는."

어머니는 은퇴한 총잡이에게 권총을 쥐여주듯 야구공을 건네며 비장한 목소리로 말했다. 아침인데도 뜬금없이 석양이 저무는 듯했다.

"만약 계시라고 쳐도 작두를 향해 걸어가고 싶은 마음 따윈 추호도 없어. 포대인에게 항의를 하다간 진짜로 손가락을 잃게 될 거야. 꿈이 아니라 현실에서 말이지. 선무당이 사람 잡는다더니 야구 규칙도 제대로 모르는 주제에……"

"항의를 한다면, 최악의 경우 손가락 하나를 잃을 뿐이야. 그렇게 되면 꿈속에서 손가락이 잘릴 일도 없겠지. 일사부재리의 원칙처럼 말이야. 하지만 항소를 하지 않는다면 매일 밤 죄 없는 손가락을 희생해야 할지 몰라. 앞으로도 끊임없이 손가락을 잃게 되는 셈이지. 겁쟁이는 죽음이 찾아오기 전에 골백번 죽는다는 말처럼. 만일 야구공의 오명을 벗겨낸다면……"

"오명을 벗겨낸다면?"

아버지가 물었다.

"그 대가로 형은 글러브 속에 누워 있는 야구공처럼 꿈도 없이 잠을 이룰 수 있을 거야. 야구광인 내 말이니깐 틀림없어. 그런데 포청천이 누구기에 개작두로 손가락을 자른다는 거야? 꼭 송나라 시대 관리 이름 같은데……"

야구는 몰라도 포청천은 아는 법인데 자칭 야구광인 어머니는 포청천을 몰랐다.

아버지는 악몽을 끝낼 수만 있다면 경마장의 달리는 말발굽

아래로도 뛰어들 수 있을 것 같았다. 나체로 축구장에 난입할 각오도 되어 있었다. 그러나 야구계의 절대권력인 판관 포청천에게 반기를 들라고? 택도 없는 소리! 차라리 사약을 원샷하거나 휘발유로 샤워를 하면서 인생의 마지막 담배에 불을 붙이고 말지.

포청천은 만루 상황에서도 고의사구로 걸러야 한다.

아버지는 야구공을 내려다보며 중얼거렸다.

"이 악몽을 소각장에다 태울 거야."

투사라고요? 투수가 아니라?

찰칵, 찰칵, 찰칵.

일주일 후, 아버지는 소각하지 못한 악몽을 손에 든 채 각종 투구폼을 취했다. 그때마다 카메라를 든 사나이는 손가락 프레임을 만들어가며 구도를 수정했다. 처음 변화구를 익힐 때처럼 반팔 셔츠에서 빠져나온 아버지의 팔근육이 어색함으로 경직되었다.

"좋아요. 피사체가 정말 마음에 들어요."

카메라를 든 사나이가 뷰파인더를 들여다보며 말했다.

검정과 빨강이 조화를 이루는 유니폼과 새빨간 별 하나가 정면에 박힌 야구모자는 아무렇게나 자란 아버지의 긴 머리카락과 잘 어울렸다. 담배를 끊은데다 균형 잡힌 교도소 식단을 섭

취한 덕에 아버지의 몸은 눈에 띄게 건강해져 있었다. 특히 눈매가 20승 투수의 커브처럼 살아 있었다.

"시선을 왼쪽으로 살짝 돌려주세요."

카메라를 든 사나이는 여러 각도로 움직이며 말했다. 포즈를 고심할 적마다 그는 길게 기른 콧수염을 쓰다듬었다.

"네, 좋아요. 조금만 고개를 올려보세요."

지시를 내리는 단호한 목소리와 달리 그의 손에 쥔 카메라는 연신 불안하게 흔들렸다. 손을 어찌나 심하게 떠는지 카메라가 바닥으로 떨어질 것만 같았다.

"걱정 마. 저래 봬도 셔터를 누르는 순간만큼은 믿기 어려울 정도로 고요해지거든."

반사판을 들고 있는 어머니가 말했다.

기념 촬영을 하자는 어머니에게 이끌려 '카메라 옵스큐라'라는 웨딩 스튜디오에 들어설 때까지만 해도 아버지는 어머니의 본심을 오해하고는 괜스레 얼굴을 붉혔다. 그때까지 두 사람은 스티커 사진도 함께 찍은 적이 없었다. 아버지는 하얀 턱시도를 입게 될 거라고 예상했지, 야구 대공황 시대에 유행했던 야구 유니폼을 입게 되리라고는 전혀 생각지 못했다. 이상한 일이었지만 웨딩 스튜디오 안에는 여러 시대의 야구 유니폼이 사이즈별로 갖춰져 있었다. 그것도 정식 시합용으로.

찰칵, 찰칵, 찰칵.

카메라를 든 사나이는 부지런히 셔터를 눌렀다. 대학 시절 그는 운동권 영화 서클 소속으로 전국의 시위 현장을 누볐다. 그의 카메라는 수많은 열혈 투사들의 피사체를 기억하고 있었다. 미녀 투사였던 내 어머니도 그중 한 명이었다.

졸업 후 그는 자신의 꿈이었던 스포츠계의 종군기자인 야구 전문 카메라맨이 되었으나 불미스러운 사건에 연루되어 경력을 조기 마감했다. 그가 촬영한 치어리더의 사진 한 장이 외설 시비에 휘말렸기 때문이다. 높이 치켜든 치어리더의 다리 사이로 하얀 팬티가 살짝 노출되었는데, 하필이면 그 팬티에 개봉부의 상징인 초승달이 그려져 있었던 것이다.

그는 개봉부로 소환되어 정치적 동기에 대해 밤샘 취조를 당했다. 팬티 사이로 음모가 노출되었다거나 차라리 노팬티였다면 정상참작의 여지가 있었을지도 모른다. 그러나 신성한 개봉부의 상징을 모독한 그의 사진은 불순한 정치적 의도를 지닌 포르노그래피로 판정되었다. 그 충격으로 그는 수전증을 얻게 되었다. 다행히 셔터를 누르는 순간만큼은 떨림이 멈춰주었다.

삼대째 가업인 웨딩 스튜디오를 물려받은 그는 수전증과는 비교할 수 없는 심각한 난관에 봉착했다. 그의 카메라에 찍힌 신랑신부의 사진은 달콤한 신혼을 앞둔 예비부부의 모습이라기보다 거사를 앞둔 열사나 의사의 모습처럼 비장하고 숙연하게 현상되어 나왔다. 당연히 스튜디오는 문 닫기 일보 직전이었다.

대학 후배인 어머니가 아버지를 데려오지 않았다면, 카메라를 든 사나이는 여느 때처럼 스튜디오 안을 짝지어 날아다니는 파리들의 단체 웨딩 촬영으로 소일하고 있었을 것이다. 턱시도나 웨딩드레스, 야구 유니폼을 입힐 수 없는 모델들 탓에 셔터 맛이 나지 않는다고 넋두리를 늘어놓으면서 말이다.

스튜디오의 문을 열고 들어오는 아버지를 처음 봤을 때 그는 흥분을 감출 수 없었다. 그는 야구 전문 사진기자로 활동할 때에도 아버지처럼 야구 유니폼이 잘 어울리는 피사체를 본 적이 없다며 어머니에게 약속한 모델료의 세 배를 지불했다.

찰칵, 찰칵, 찰칵.

카메라 플래시가 반짝거릴 때마다 아버지는 글러브를 낀 오른손으로 얼굴을 가리고 싶었다. 근미래에 아버지를 쫓아다니며 일거수일투족을 조명하게 될 카메라 불빛에 비하면 그 순간 아버지를 향한 빛은 조그마한 씨앗 정도에 불과했다. 아버지는 눈앞에서 터지는 빛의 씨앗들 속에서 불길한 미래에 대한 기시감을 느꼈다.

"좋아요, 아주 좋아요."

훗날 훌리건 전문 사진작가로 명성을 떨치게 될 사나이는 감탄사를 연발했다.

훌리건들이 종종 벽에 걸어놓는, 새빨간 별이 박힌 야구모자를 삐딱하게 눌러쓴 채 야구공을 움켜쥔 아버지의 사진은 바로 이날 찍힌 것이다. 확실히 아버지는 무표정한 증명사진보다는 야구공을 쥐고 투구폼을 취할 때 가장 그다웠다.

"얼마 만에 촬영하는 투사의 피사체인지 모르겠네요."

카메라를 든 사나이가 말했다.

"투사라고요? 투수가 아니라?"

아버지의 목소리가 떨렸다.

투수도 아닌 투사의 피사체라니. 아버지는 야신을 내림받았다는 선무당에게 훌리건의 관상을 타고났다는 말을 들었을 때보다도 황당했다.

"완벽해요. 한일전에 등판한 봉중근 의사* 못지않군요."

"봉중근 의사라고요?"

'의사'라는 말에 아버지는 급박한 요의를 느꼈다. 손안에 쥐고 있는 야구공에서 시한폭탄 초침 소리가 들리는 것 같았다.

아버지는 집안 어른들이 큰 사단을 치르게 될 거라며 어머니

---

* 제2회 월드 베이스볼 클래식(WBC)에서 일본전에 등판한 좌완투수 봉중근은 5.1이닝 동안 3안타 1실점을 기록하며 조국에 승리를 안겼다. 일본의 야구 영웅인 스즈키 이치로를 완벽 봉쇄한 것은 그의 야구 인생에서 최고의 순간이었다.
국내 야구팬들은 적진에서 거둔 이날의 승리를 도쿄 대첩이라 명명하며 크게 기뻐했다. 승리의 선봉장인 봉중근은 이때부터 봉열사, 봉의사라고 불리기 시작했다.
중국 하얼빈에서 이토 히로부미를 저격한 도마 안중근 의사와는 혈연관계가 없다.

와의 교제를 허락하지 않은 이유가 비로소 이해되었다. 의사와 같은 호칭은 죽은 사람에게나 어울리는 것이었다. 승리를 맹세하며 손가락을 자른 여러 의사의 손도장이 눈에 선했다.

아버지는 글러브와 야구공을 내팽개치고 스튜디오 밖으로 뛰쳐나갔다. 등 뒤에서 어머니의 목소리가 들렸지만 멈춰 서지 않았다.

이쯤에서 내 어머니를 간단히 소개하겠다.

한마디로 표현하자면 어머니는 불복종의 여신이라 할 수 있다. 불복종에 대해서라면 세계 챔피언 감이다. 대여섯 체급에서 타이틀이 거뜬할 정도다.

어머니의 불복종은 젓가락질을 제대로 익히기도 전에 물꼬를 텄다. 유치원생이던 어머니는 남녀가 유별하다며 겸상을 허락하지 않는 집안 어른들에게 대항해 단식투쟁을 벌였다. 무려 일주일 동안 좋아하는 간식과 요구르트마저 거부했다. 그 결과 밥상 위의 치사한 차별이 철폐되었다.

초등학생 때는 빨간색 피부를 가진 만화 주인공이 간첩 누명을 뒤집어써 방송 출연 금지 처분을 받은 일이 있었다. 어머니는 또래 아이들의 서명을 받으며 구명 운동을 펼쳤다. 만화 주인공의 명예 회복을 위해 무려 천이백 명의 어린이들이 서명에 동참했다.

중학생 때는 두발 단속에 항의하는 팻말을 들고 교문 앞에서 일인 시위를 벌였다. 늘 단정한 머리를 한 모범생의 돌발적인 시위에 학교 측은 무척 당황했다고 한다. 어머니의 요구 사항에는 남학생들을 위한 구레나룻 자율화도 포함되어 있었다.

고등학생 때는 선거법을 어긴 학생회장 후보의 낙선 운동을 주도했다. 반대 연설을 하느라 목을 하도 쓴 탓에 어머니는 제2의 변성기를 겪었다. 이때 갈라진 목소리는 영원히 복원되지 않았다. 어머니의 새로운 목소리는 귀에 거슬린다기보다는 매력적으로 들렸다.

험난한 경쟁을 뚫고 어렵게 들어간 대학교에서는 수업 거부 운동을 주도하다 출교 처분을 받았다. 그 과정에서 어머니는 자신의 성을 딴 '장 다르크'라는 별명을 얻게 되었다. 운동권 동지들의 증언에 의하면 그 당시 어머니의 하얀 이마에는 투쟁이나 시위와 같은 단어가 문신처럼 새겨져 있는 듯했다고 한다.

아버지가 어머니를 처음 만난 장소 역시 시위 현장이었다. 정확하게는 아버지가 야간 관리원으로 근무하던 시청 앞 잔디 광장이었다.

각종 시위가 유행병처럼 퍼졌던 그해에는 착실한 직장인도, 성실한 가정주부도, 수줍은 여고생도, 나이 지긋한 노신사도, 경건한 수녀도 시청 앞 잔디 광장에 모여 온갖 구호를 부르짖었다. 그들의 구호 끝에는 야구방망이 모양의 느낌표가 붙어 있었다.

야구선수 출신인 아버지에게 시위는, 그 구호가 무엇이든 간에, 스포츠맨십에 어긋나는 불법 행위로 간주되었다. 촛불을 들거나 부부젤라를 불며 잔디 광장을 점거한 시위대는 야구장에 난입하는 훌리건과 다를 바 없었다. 특히 촛불에 일그러진 시민들의 불온한 얼굴은 어딘가 모르게 아버지를 두렵게 했다.

그런데 터무니없는 일이 일어났다. 훼손된 잔디를 보수하던 어느 날, 아버지는 화장발보다 촛불발을 잘 받는 여자와 사랑에 빠지고 만다. 생애 최초로 감정의 제구가 불가능한 순간이었다.

어머니와 아버지의 데이트 장소는 주로 시위 현장이었다. 두 사람은 처음 만난 그날 뜨거운 하룻밤을 보냈다. 촛농이 다 녹을 때까지 촛불을 들고 있던 어머니 곁에서 아버지는 묵묵히 뜯겨나간 잔디를 보수했다. 이주노동자 처우 개선을 위해 삭발식을 거행했을 때, 어머니의 머리에 수전증에 걸린 듯 덜덜 떠는 바리깡을 갖다댄 것도 아버지였다. 아버지는 크레인 위에서 시위하는 어머니를 지상에서 며칠 밤을 새며 기다린 적도 있었다. 어머니의 속살을 아버지가 처음 본 것은 고려호텔의 스위트룸이 아니라 고려호텔 앞 사거리에서였다. 어머니는 동물보호단체와 함께 누드 시위를 감행하다 미처 상의도 탈의하기 전에(그러나 그 짧은 순간에도 아버지는 티셔츠 아래로 살짝 드러난 어머니의 배꼽을 놓치지 않았다) 대기 중이던 경찰에 연행되었다. 죄목은 풍기문란이었다.

아버지는 늘 불안했다. 언젠가 어머니가 분신 투쟁을 해서 한 줌의 재로 흩어져 날아갈 것만 같았다. 석유를 뒤집어쓴 어머니의 몸에 라이터 불을 붙여주는 역할만은 어떠한 일이 있어도 사양하고 싶었다.

운동권 여자를 집안에 들일 수 없다는 할아버지의 엄포에 너무도 쉽게 아버지가 수긍했던 것은 어쩌면 그래서였는지도 모른다.

말이 나온 김에 내 이야기도 간단히 하겠다.

나 역시 어머니에게 이끌려 시위 현장으로 출동하곤 했다. 유모차에 태워진 채 어머니와 함께 여러 시위에 동참했다.

무슨 시위였더라? 나는 기저귀를 차고 젖병을 문 채로 거친 구호를 외쳤다. 아버지에게서 물려받은 여섯 손가락으로 우유가 가득 들어 있는 젖병을 던졌다.

세 살 투구폼이 여든까지 간다 했던가. 그때의 투구폼을 나는 아직도 간직하고 있다. 정통파 투수의 역동적인 오버스로우를.

아버지는 곧장 집으로 돌아가지 않고 무작정 거리를 걸었다. 어느새 어두워진 밤하늘에는 작두날처럼 날카로운 초승달이 빛나고 있었다.

정처 없이 걷다 정신을 차렸을 때 스프레이로 휘갈겨 쓴 붉은 낙서가 눈에 들어왔다. 일주일 전에도 잘못 들어섰던 장소였다.

지난번처럼 훌리건 1가, 2가, 3가를 지나 집으로 돌아왔다. 육층 계단을 오르자 먼저 귀가한 어머니가 문을 열며 반겨주었다.

"유니폼이 정말 잘 어울린다."

"코스프레일 뿐이야. 승산 없는 게임은 하지 않을 거니깐 선동하지 마. 야구계는 네가 몸담아온 운동권과는 차원이 달라."

아버지는 새빨간 별이 박힌 야구모자를 아무렇게나 벗어던지며 말했다.

"형은 왜 해보지도 않고 꽁무니를 빼는 거야?"

"이제까지 포대인의 판정에 이의를 제기한 야구선수는 경기장 안에서는 물론이고 바깥에서도 없었어. 경기 직후 청산가리를 먹거나 분신자살을 한 선수는 간혹 있어도 판결에 불복종한 선수는 없었어. 그조차도 포대인에게 누가 되지 않도록 야구장에서 되도록 멀리 떨어진 곳에서 최후를 맞았어. 포대인이 야구계의 거인이라면 난 난쟁이에 불과해. 이건 말도 안 되는 미스매치야."

아버지가 말했다. 어머니는 180센티미터의 난쟁이를 올려다봤다. 그 순간 아버지는 자신이 미니어처처럼 느껴졌다.

"야구공은 둥글기 때문에 경기 결과를 아무도 예측할 수 없는 거잖아." 어머니가 말했다. "인디언이 양키를, 블루칼라가 화이트칼라를, 시민구단이 갈락티코를, 난쟁이가 거인을 이길 수 있는 거잖아? 그게 야구잖아. 난쟁이가 쏘아올린 작은 공에 거인이 고꾸라지기도 하잖아!"

아버지는 어머니가 등지고 있는 벽을 바라봤다. 거기에는 어머니가 카메라를 든 사나이를 통해 입수한 자료들이 일목요연하게 정리되어 있었다.

『야구일보』나 여러 야구 잡지에서 오려낸 포청천의 사진과 주요 약력, 포청천을 중심으로 한 인물 관계도, 포청천의 스케줄 따위가 붙어 있었다. 중요한 대목은 형광펜 표시가 되어 있었다. 누가 본다면 포청천에 대한 음해 세력으로 오인받기 딱 좋았다.

"그건 빈볼이야."

2부

돌이킬 수 없는 실투

만세, 만세, 만만세.

야구 시합이 끝나면 일렬횡대로 늘어선 선수들은 만세를 세 번 부른다. 관중들도 물론 기립하여 동참한다. 심판 판정에 대한 절대복종을 의미하는 만세 삼창은 시민들에 의해 자발적으로 탄생한 포청천 시대의 유행어, 아니 미풍양속으로 평가된다. 구호나 동작에서 한 치의 어긋남도 용납되지 않는다. 그러한 실수는 시합 중에 범한 그 어떤 실책보다도 치명적인 것으로 간주되며 시민의식의 부재를 드러내는 행위로 지탄받는다.

자신의 마지막 공식 시합에서 아버지는 시민의식의 부재를 드러내는 우를 범하고야 말았다. 그 탓에 고교를 졸업하고 나서 야구부 동문회 행사나 동기 모임에 일절 초대받지 못했다. 연락이 왔더라도 수치심에 찾아갈 엄두를 내지 못했을 것이다.

아버지가 어머니와 함께 십이 년 만에 야구부 동기들을 찾아 나선 것은 과거의 실수를 만회하여 제대로 된 만세 삼창을 하기 위해서는 아니었다.

“개봉부가 눈치채지 못하도록 주도면밀하게 움직여야 해. 야구의 오랜 격언처럼 ‘천천히 서둘러야’ 한단 말이지. 오심을 증언해줄 피해자들을 차례로 만나보는 거야. 1번 타자부터 9번 타자까지 빠짐없이. 유리한 증언이 쏟아져나올 거고, 그걸 여기에다 기록하면 게임 오버야.”

어머니의 손에는 중고로 구입한 소형 녹음기가 쥐어져 있었다. 일곱 시간 연속으로 녹취가 가능한 녹음기는 어떠한 사소한 증언도 놓치지 않을 거였다. 어머니는 첫 소송을 맡은 신출내기 변호사처럼 들떠 있었다.

“그 죽일 놈의 자신감은 대체 어디서 나오는 거야? 마흔여덟 번째로 경고하지만, 포대인은 네가 지금껏 상대해온 적수들처럼 호락호락하지 않아. 더군다나 너는 기본적인 야구 규칙조차 제대로 알지 못하잖아. 아무리 박식한 야구광이라 하더라도 지극히 복잡하고 미묘한 야구 규칙 앞에서는 고개를 떨구는 법인데, 이제 겨우 야구에 눈을 뜬 주제에……”

“이거 왜 이래. 형, 나 법대 나온 여자야. 나만 믿어.”

어머니는 공포의 외인구단을 이끄는 감독처럼 목소리에 힘이 넘쳤다.

"널 믿으라고? 팔 년 만에 간신히 졸업했으면서……"

"남들보다 대학을 두 배나 다녔으니 이 방면에 나만한 전문가가 어딨겠어? 학점도 선동렬 방어율에 버금갈 정도로 완벽하고. 무엇보다 풍부한 현장 경험이 있잖아. 내 또래 중에 나보다 판사 앞에 많이 서본 사람 있으면 나와보라고 해. 사법체계가 무고한 시민을 어떻게 다루는지 역시 감옥에서 몸소 체험했어. 법에 관해선 산전수전 공중전 다 겪은 베테랑이나 다름없어. 내 작전대로만 하면 승소는 떼어놓은 당상이야."

"작전이라고?"

아버지가 물었다.

"그래, 잘 들어봐."

주변에 아무도 없었으나 두 사람은 목소리를 낮췄다. 작전 누출을 막기 위해 글러브로 입 모양을 가리는 배터리처럼 주의 깊었다.

어머니의 계획은 간단명료했다.

먼저 야구부 OB들과 의기투합하여 오심에 관한 성명서를 발표한다. 프로야구 경기 도중 대규모 플래카드 시위를 벌여 매스컴의 이목을 끈다. 야구사에 전례 없는 대규모 집단소송을 시작한다.

"어때? 끝내주지 않아? 야구사에 길이 남을 법정 드라마 한

편이 탄생하게 될 거야."

"공소시효가 보름밖에 남지 않았는데, 그냥 포기하면 안 될까?"

아버지는 어머니의 선동에 넘어간 것이 후회막심이었다.

"형은 '끝날 때까지 끝난 게 아니다'라는 마스터 요다*의 명언도 몰라?"

어머니는 광선 배트를 들고 있는 제다이처럼 타격폼을 취하고 팔을 휘둘렀다. 어머니의 스윙에 아버지는 몸이 두 동강 나는 느낌이었다.

"요다가 아니라 요기 베라**가 한 말이겠지."

---

* 영화 「스타워즈」 시리즈의 등장인물. 마스터 요다는 제다이들의 타격 코치로 광선 배트를 휘두르는 법을 가르친다. 그의 타격술의 핵심은 수련에 정진하여 우주의 근원적 에너지인 포스(force)를 갈고닦는 데 있다. 그의 수제자로는 다스베이더와 루크 스카이워커가 있다.
마스터 요다는 야구선수들에게 타격술만을 가르친 것이 아니라 지치고 상처받은 그들의 영혼을 어루만져주는 멘토의 역할도 겸했다. 매년 봄 그는 힐링캠프를 개최하여 뼈와 살이 되는 조언을 아낌없이 베풀었다.
"아웃은 야구의 일부분일 뿐! 두려워하지 마라."
"그게 네가 실패하는 이유다. 시도하는 게 아니다. 그냥 행하라. 아니면 관두어라. 세상에 한번 해본다는 것은 없는 법이다."
"포스가 그대와 함께하기를!"

** 포수 출신답게 걸쭉한 입담을 자랑했던 뉴욕 메츠의 감독 요기 베라는 요기즘(yogism)이란 신조어를 탄생시킬 정도로 무수히 많은 명언을 남겼다.
1973년, 뉴욕 메츠가 시즌 중반이 지나도록 부진에서 헤어나오지 못하자 어느 신문기자가 베라에게 시즌이 끝나면 어떻게 할 것인지 물었다. 그러자

기상청장의 외동딸이 시집가는 날처럼 구름 한 점 없이 화창한 토요일 오후였다.

이날 결혼식장으로 가던 하객 중 몇몇은 걸음을 멈추고 캐치볼을 하다가 자신의 용무를 잊었을 게 틀림없다. 가방에 글러브와 야구공이 챙겨져 있었다면 말이다. 조금만 높이 던져도 공이 그대로 빨려들어갈 것 같은 청명한 하늘이었다.

훗날 야구사에서 악명을 떨치게 될 훌리건 배터리는 잘 깎인 잔디를 밟으며 호수 동쪽으로 나 있는 구불구불한 산책로를 걸어갔다.

바람이 기분 좋은 커브를 그리는 호숫가 근처에서는 시민들이 한가로이 휴일을 만끽하고 있었다. 여자들은 돗자리에 누워 일광욕을 즐겼고, 노인들은 장기판을 둘러싸고 머리를 맞댔다. 하늘에는 아이들이 띄운 연들이 바람결을 따라 부드럽게 꼬리를 흔들었다.

아버지의 발밑으로 테니스공이 굴러왔다. 아버지는 공을 주

요기 베라는 가부좌를 틀고 앉은 채로(그는 요가 수행자처럼 가부좌를 틀고 앉는 버릇이 있었다) 다음과 같이 대답했다.
"끝날 때까지 끝난 게 아니다."
이 짤막한 대꾸는 훗날 야구사에서 가장 빈번히 인용되는 불후의 명언이 된다. 물론 요기 베라는 입만 산 수다쟁이가 아니었다. 그해 꼴찌를 달리던 뉴욕 메츠는 1위로 정규 시즌을 마감한 뒤에 월드시리즈에 진출하는 쾌거를 달성한다.

워 곱슬머리 여자아이에게 돌려주었다. 건네받자마자 뒤돌아 달려가는 공의 주인 대신 짧은 머리에 하늘색 원피스를 입은 아이 엄마가 머리를 숙여 고마움을 표시했다.

보름 후 전대미문의 사건이 터진 후, 뉴스를 시청하던 아이의 보호자는 극악무도한 훌리건 커플의 얼굴을 확인하고는 가슴을 쓸어내렸다고 한다.

"저긴가 봐."

아버지는 어머니의 손가락 끝을 따라 고개를 돌렸다.

야구 유니폼을 갖춰 입은 옛 동료들이 나무 그늘 아래 모여 캔맥주를 마시며 야유회를 즐기고 있었다. 세로 줄무늬 유니폼에는 백넘버만 새겨져 있을 뿐 이름은 표기되어 있지 않았다. 개인보다 팀을 우선시하는 모교의 전통을 따른 것이다.

대부분 선수 시절보다 살이 올라 있었다. 축구공이나 농구공을 점심으로 포식한 것처럼 다들 배가 볼록 튀어나왔다.

야구모자를 반듯하게 쓰고 턱밑까지 셔츠 단추를 채우고 허리에 벨트를 우아하게 두른 그들의 모습에서는 신성한 유니폼에 대한 자부심이 넘쳐났다. 겨드랑이 털을 불쾌하게 노출시키는 농구선수들의 러닝셔츠나 축구선수들이 엉덩이에 걸치는 헐렁한 사각팬티가 스포츠계의 언더웨어라면 야구 유니폼은 단연 스포츠계의 연미복이다. 신사모와 단추 달린 셔츠, 벨트를 착용하는 품격 있는 종목은 야구가 유일하다.

야구부 OB들은 연쇄적으로 발생한 농협 사태와 축협 사태에 대해 격렬한 의견을 주고받느라 불청객의 등장을 알아차리지 못했다.

"농구장에 물을 채워서 수영장을 만드는 법안을 발의해야 한다니깐!"

"네트를 쳐서 축구장을 족구장으로 리모델링해야 해!"

"족쟁이와 농땡이*에게도 야구모자와 벨트 착용을 의무화하는 게 급선무야!"

"유니폼 털어서 먼지 안 나는 선수가 어디 있어!"

"시민들이 원한다면 밤샘 경기라도 해야 하는 거 아냐?"

"스포츠맨십이 무너지면 사회 기강이 붕괴하는 것도 시간문제야. 이러다가 마누라도 잠자리에서 스트라이크를 할 판이야."

"스트라이크라고? 우리 야구인들만이 스트라이크의 진정한 의미를 알지."

---

* 족쟁이는 축구선수를, 농땡이는 농구선수를 비하하여 부르는 말이다. 그 밖에도 배구선수를 멸시하는 배짱이(개미와 베짱이의 베짱이가 아니다), 탁구선수를 업신여겨 부르는 탁돌이(사실, 귀엽게 들리기도 한다) 등의 속어가 있다. 야구 이외의 구기종목 종사자들을 통틀어 낮춰 부르는 '공돌이'라는 말도 자주 쓰인다. 이러한 표현들은 일상생활에서도 관용적으로 쓰인다.
"멍청한 족쟁이 같으니라고. 서류가 왜 이 모양이야. 내가 발로 작성해도 이것보단 낫겠다."
"게을러 빠진 농땡이들! 도대체 업무 처리를 어떻게 하는 거야!"
"이런 공돌이만도 못한 사람을 봤나."

아버지가 판관 포청천을 상대로 항소를 결심한 그 무렵 세상은 축구선수들과 농구선수들의 연대파업으로 떠들썩했다. 선수노조는 하루에 두 경기를 연속해서 치르는 더블헤더 도입에 결사반대하는 대규모 집회를 열었다. 내친김에 그들은 아이돌 가수 수준의 노예계약을 철폐할 것과 선수들의 초상권 보호와 4대 보험 가입 의무화를 촉구했다.

노조파업이라는 구기종목 사상 초유의 사태에 대한 축협과 농협의 대응은 사뭇 실망스러웠다. 축협의 경우 옐로카드와 레드카드를 무분별하게 발급함으로써 카드 대란 사태를 자초했다. 농협의 경우 틈만 나면 청문회를 소집하기만 했을 뿐, 5반칙에 이를 때까지 늑장 대응함으로써 사태를 수수방관하는 소극적인 자세를 벗어나지 못했다.

실의에 빠진 시민들은 두 사람 이상 모이면 스포츠 신문을 펴놓고 이구동성으로 두 협회를 호되게 비판했다.

그렇다면 야구계의 상황은 어떠했을까?

우선 야구계에서는 노조 결성 자체가 불법이었다. 그러니 노조파업은 먼 나라 이웃 나라 이야기였다. 게다가 더블헤더 제도가 정착된 지도 이미 오래였다. 어디 그뿐인가. 전후반 90분과 4쿼터 40분이라는 법정근로시간으로 제한된 축구나 농구와 달리 야구는 승부가 결정되는 그 순간까지 타임아웃이 없다. 고작 삼 분 남짓한 추가 근무시간에도 앓는 소리를 내는 축구선수나 농구선수와 달리 야구선수들은 밤샘 경기를 야식 먹듯 치렀다.

상황이 이렇다 보니 야구선수들의 몸에서는 늘 파스 냄새가 진동했으며 밥 대신 링거로 연명하기가 예사였다. 그들의 파스 투혼과 링거 투혼은 타종목 선수들뿐 아니라 시민들의 귀감이 되었다.*

노동 시간뿐 아니라 노동의 질 역시 야구가 타종목에 비해 월

---

* 한 가지 설명을 곁들이자면, 이 시기는 아직 트리플헤더(triple header) 시대가 열리기 전이었다. 오 년 후, 공손 선생이 개봉부 산하의 스포츠 의학팀을 이끌고 에너지 음료인 스팀팩(stimpack)을 개발하게 되는데, 이때부터 프로야구는 하루에 세 경기를 연속해서 치르는 트리플헤더가 자리잡는다.

노동 음료의 대명사인 스팀팩은 아마존에서 자라는 야근야근 열매와 아프리카 고지대에서 채집한 혹사혹사 뿌리, 수심 1,123미터의 심해에서 채취한 피로피로 줄기를 주재료로 한 초고농축 카페인 음료다. 스팀팩을 마신 선수들은 다음날 체력을 미리 당겨 쓸 수가 있어 하루에 세 경기를 뛰어도 피로를 전혀 느끼지 못한다. 체력도 사채처럼 끌어 쓰고 당겨 쓸 수 있는 노동 대출 시대가 개막한 것이다.

'스포츠계의 성수' '기적의 물' '생명수' '마법의 물약' 등으로 불리는 스팀팩은 야구선수뿐만 아니라 시민들의 폭넓은 사랑을 받았다. 벼락치기를 하는 수험생, 하루 열두 시간 이상 운전대를 잡는 야간 운전사, 야근과 격무에 시달리는 직장인, 몸 쓰는 일을 하는 육체노동자, 가사노동에 지쳐 파김치가 된 가정주부들은 물 마시듯 스팀팩을 마셨다. 물론, 사채의 법칙에 공짜란 없다. 과다 복용하면 어지러움, 두통, 메슥거림, 구토, 불안증, 수면장애, 불면증, 고혈압, 당뇨와 같은 부작용으로 톡톡한 이자를 지불해야 한다. 매년 더욱 강력해진 스팀팩 시리즈가 출시되고 있는 현 추세대로라면 한국시리즈 일곱 경기 전부를 하루에 몰아서 관람할 수 있는 날도 머지않았다. 그날이 오면 하루 일곱 경기를 뛰어야 하는 선수뿐만 아니라 해설자나 관중도 스팀팩을 미친 듯이 빨아대야 할 것이다.

등하다는 것이 스포츠계의 지배적인 견해다. 개봉부 소속 스포츠 의학팀의 과학적인 분석에 의하면 야구선수가 흘리는 땀방울은 축구 노동자나 농구 노동자가 흘리는 땀방울에 비해 그 가치가 무려 158배나 높다고 한다.

야구선수가 흘리는 고귀한 땀방울은 축구나 농구를 하는 노동자가 배출하는 땟국물과는 때깔부터가 다르다. 전자현미경을 통해 분석한 결과 야구선수의 땀방울은 야구장 내야의 모습과 같은 다이아몬드 결정체를 이루고 있다는 사실이 밝혀졌다. 야구공을 던지는 투수나 배트를 휘두르는 타자의 팔이 보석처럼 찬란한 빛을 발하는 데에는 다 그런 과학적 근거가 있는 것이다.

만일 당신이 야구선수의 유니폼을 간직해본 행운아라면 알 것이다. 땀에 젖은 야구복은 세탁하지 않은 채 수십 년을 보관해도 좋은 향기가 풀풀 난다는 것을.

타종목의 위기는 야구의 기회나 다름없었다. 축협 사태와 농협 사태가 장기화되는 동안 격분한 농구팬들과 축구팬들은 야구로 귀의했다. 이른바 야구로의 출애굽기. 타종목으로의 전향이 사상적 전향과는 비교할 수 없을 정도로 지난한 일임을 고려할 때 두 종목에 대한 시민들의 상심이 얼마나 컸는지 쉽게 짐작할 수 있다. 시민들은 특히 축협과 농협의 솜방망이 처벌에 분노를 금치 못했다.

민중의 방망이인 개봉부가 개입하고 나서야 사태는 가까스로 진정 국면을 맞았다. 이 무렵부터 야구인들의 어깨에는 복된 짐이 지어졌다. 비록 고되고 힘들지라도 미개한 타종목을 계몽하는 거룩한 의무를 다해야 한다. 물론 그들은 야구의 우수성을 널리 알리려고 했을 뿐 여타의 스포츠를 비하할 의도는 절대 없었다. 공식적으로는 말이다.

"누구라고요?"

야구 유니폼은커녕 야구모자조차 쓰지 않은 아버지에게 시선이 몰렸다. 선수 시절 포지션과 등번호, 이름을 말해도 옛 동료들은 고개를 갸우뚱했다.

아버지는 손가락을 들어올려 보여주었다.

"아, 육손이! 그런데 무슨 일로?"

고교 졸업 후 소식이 끊겼던 육손 투수의 갑작스러운 등장에 다들 당황하는 낌새였다. 그들은 아버지가 보험이나 건강식품을 팔러 왔다고 잘못 짚었다. 보다 못한 어머니가 다단계 판매원처럼 방문 목적을 조리 있게 설명했다. 용건을 이해한 그들은 손으로 입을 막으며 경악했다.

"설마 제2의 훌리건의 난을 원하는 건 아니겠지?"

당시 주장이었던 선발투수가 아버지를 노려봤다. 아버지는 고개를 떨궜다.

"그저 진실을 알고 싶을 뿐이에요."

어머니가 녹음기의 버튼을 누르며 말했다. 잠시 움찔한 그들은 녹음하지 않는다는 조건으로 간신히 증언을 수락했다.

"정당한 판정이었어. 두 눈으로 똑똑히 봤어."

당시 스트라이크존에서 팔십 미터나 떨어져 있던 안경잡이 외야수가 말했다. 늘 안경이 볼까지 흘러내리는 탓에 평범한 플라이 타구도 놓치기 일쑤였다.

"너 자신을 부끄러워해! 감히 판정에 불복하다니."

매사에 의견을 달리했던 '좌익'수와 '우익'수가 동시에 말했다. 둘은 어색한 듯 서로를 쳐다봤다.

"포대인의 준엄한 판결이 아니었다면 나는 선량한 시민으로 정착할 수 없었을 거야."

용역 회사에서 인정사정 볼 것 없이 알루미늄 '빠따'를 휘두르는, 선수 시절 유난히 스윙이 컸던 4번 타자가 말했다.

"제발 우릴 선동하지 마. 이제 와서 재경기를 치르자고 억지를 부리려는 건 아니겠지?"

야구를 그만두고 에로배우가 되어 침대 위에서 가죽 방망이를 휘두르는 왕년의 3번 타자가 말했다. 단 한 번의 재촬영도 허용하지 않을 정도로 완벽주의자인 그는 야구로는 이룰 수 없었던 메이저리그 진출을 목전에 두고 있었다.

"그 누구도 포대인의 판결을 거역할 순 없어."

다른 동료들의 증언도 별반 다르지 않았다. 구태여 녹음을 거부할 필요도 없는 발언들이었다. 아마도 그들은 무심코 튀어나올 수 있는 실투가 두려웠으리라.

투구수가 많으면 실투가 나오는 법. 그것은 공이나 말이나 마찬가지. 조심해서 나쁠 건 없다.

탐문을 마친 불청객이 자리를 뜰 때쯤 누군가 만세 삼창을 제안했다. 야구부 OB들은 한데 모여 그날의 경기를 추억하며 자발적으로 손을 번쩍 들어올렸다.

만세, 만세, 만만세.

"거봐, 내가 뭐랬어? 오심일 리가 없다고 했잖아. 모두의 증언이 완벽하게 일치하잖아. 야구라는 이름의 법정은 일말의 부조리도 허용하지 않아. 야구를 관장하는 개봉부는 축협이나 농협과는 격이 다르다고. 야구의 스트라이크존은 한없이 투명하거든. 어쩌면 내 공은 스트라이크존을 지나지 않았는지도 몰라! 그래, 그랬을 게 틀림없어!"

아버지는 안도했다. 그 누구보다도 포청천의 판결이 오심이 아니기를 바랐던 사람은 아버지 본인이었다.

"수상한걸. 다들 약속이라도 한 듯 입을 모아 같은 말을 되풀이하고 있어. 그것도 음성 변조를 한 것마냥 진실성이 결핍된 목소리로 말야. 그들은 합리적 의심은커녕 당연한 의심조차 안 하고 있어."

"합리적 의심이라고?"

아버지가 되물었다. 그 순간 어깨 위로 후드득후드득 빗방울 듣는 소리가 났다.

예보에 없던 소나기가 쏟아졌다.

통산 타율 8푼 2리의 포수에게서 연락이 오지 않았더라면 어머니가 애써 마련한 녹음기는 쓸모가 없을 뻔했다.

"녹음해도 괜찮을까요?"

고시촌의 어느 허름한 고깃집에서 삼겹살 5인분을 해치우고 추가로 3인분을 주문했을 때쯤 어머니가 녹음기를 꺼냈다.

"얼마든지요. 이 친구와 저는 공을 주고받은 사이죠. 안방마님과 서방님 같은 내밀한 관계라고 할까요. 물론 포수와 투수 사이에 일부일처제가 지켜지는 경우가 거의 없어서 저는 다른 투수들과도 정을 통하긴 했지만요. 야구라는 스포츠는 일처다부제가 용인될 정도로 진보적인 스포츠랍니다. 그러니 무엇이든 물어보세요."

포수가 말했다. 상고머리를 한 그는 고시생의 유니폼이라 할 수 있는 추레한 추리닝을 입고 있었다.

"그럼 녹음을 시작하겠습니다."

어머니가 녹음 버튼을 눌렀다.

"덕분에 오랜만에 포식하는군요. 얼마 전에 공무원 시험에 낙방한 탓에 형편이 쬐끔 어렵거든요. 장기수보다 고된 게 장기수험생이라고 하잖아요. 야구선수 출신이라 가산점 십오 점을 받았는데도 떨어졌어요. OMR 카드에 마킹만 제대로 했어도…… 심판대학 출신이었다면 가산점 삼십 점을 받아서 거뜬히 합격했을 텐데. 그래도 고작 가산점 오 점을 받는 족쟁이나 농땡이보단 낫지만요."

포수는 노릇노릇 구워진 고기를 집어먹으며 말했다. 고기값이 어지간한 야구선수와의 인터뷰 비용에 도달해 있었다.

"그 시합에서 받은 공을 기억하세요?"

어머니가 물었다.

"꿈속에서도 잊지 못할 거예요. 제가 포수로서 마지막으로 받은 공인데 어찌 잊을 수 있겠어요. 볼 끝이 살아 있는 싱싱한 공이었죠. 제 미트 안에서 생선처럼 펄떡였어요. 생선 이야기가 나와서 그런가, 신선한 생선회가 당기는군요."

"스트라이크였나요?"

어머니가 물었다.

"익기도 전에 자꾸 뒤집지 마. 육즙이 다 빠져나가잖아."

통산 타율 8푼 2리의 포수가 아버지에게 말했다. 그에게는 솥뚜껑 위의 삼겹살이 실질적이면서 유일한 용건인 듯했다.

"스트라이크존을 통과했나요?"

어머니가 다시 한번 물었다.

"그것도 한복판을 통과했죠. 그 순간 모두 스트라이크라고 확신했을걸요. 그 볼을 받은 저뿐만 아니라 내야수와 외야수는 물론이고 그 경기를 지켜보던 관중들까지도 스트라이크라고 오해하고 만 거죠. 내야석에서 오징어를 팔고 있던 아르바이트생과 외야석에서 치어리더의 팬티를 훔쳐보던 아저씨를 포함해서 말예요."

"오해라고요?"

어머니의 질문이 들리지 않는 것처럼 포수는 상추 위에다 삼겹살과 마늘을 신중하게 배합했다. 마치 스트라이크와 볼을 섞듯이. 상추쌈을 삼키고 나서 포수가 대답했다.

"공을 받은 제가 스트라이크라고 선불리 속단했으니 다른 사람들은 오죽했겠습니까? 중계 카메라가 있었다고 해도 별수 없었을걸요. 그러나 포대인만은 그 공을 분별 있게 바라볼 수 있는 식견과 혜안을 갖고 계셨죠. 우리들이 한낱 공의 현상에 사로잡혀 있을 때 포대인께선 공의 본질을 관조한 거란 말입니다. 고기가 타는 것 같은데 뭐하는 거야?"

아버지는 서둘러 고기를 뒤집었다. 아버지는 방관자처럼 고기를 굽는 데 열중했다. 대화보다는 고기 익는 소리에 집중하려 애썼다.

"그러니까 볼이었단 건가요?"

어머니가 물었다.

"의심의 여지없는 볼이었죠. 이 친구는 공을 던지느라 여념이 없어 미처 눈치채지 못했겠지만, 포대인께선 '운용의 묘'를 살려 경기를 완벽하게 조율하고 계셨던 거죠. 9회 말 2아웃 만루, 7대 7 동점 풀카운트 상황에서 이 친구가 마운드에 올라선 건 결코 우연이 아니었어요."

포수는 아버지를 쳐다보고 나서 말을 계속했다.

"포대인께선 케네디 스코어인 8대 7로 경기를 끝내기로 결정했어요. 그것도 9회 말 역전이라는 극적인 결말로. 우리 팀의 역할은 정치적, 아니 야구적 순교자였던 셈이죠. 그런데 이 친구가 눈치코치 없이 스트라이크존을 향해 볼을 던진 거예요. 돌이킬 수 없는 실투였죠. 물론 사인을 보낸 제 잘못도 커요. 저희가 오만했던 거죠. 경기의 주인공이 저희라는 착각에 빠져 있었으니. 야구의 주인공은 처음부터 끝까지 심판이란 기본적인 상식을 망각하고 있었던 거예요. 주어진 배역에 충실했어야 옳았는데 말이죠."

"그러니까 짜고 치는 고스톱이란 말이잖아요. 역시 오심, 아니 조작이었군요."

어머니는 야구의 위상을 야바위놀음으로 격하시켰다.

"아뇨, 야구의 정의죠."

"아니, 야구의 정의야."

포수와 아버지의 입이 동시에 열렸다. 어머니는 그들의 궁합에 묘한 반발을 느꼈다. 피박에 광박을 뒤집어쓴 것처럼 턱선이 일그러졌다.

"포대인의 판결에 오심이란 있으려야 있을 수가 없어요. 마치 신에게 오류가 허락되지 않는 것처럼 말이죠. 만약 오심을 내린다면 그건 포대인을 포대인이라 부를 수 없는 심각한 모순에 직면하게 되는 셈이랄까요."

상추쌈 하나를 싸먹고 나서 포수가 말했다.

"설령 항소한다 해도 판결이 뒤바뀌는 일은 없을 거예요. 불판 위의 삼겹살을 제아무리 뒤집어도 본질적으로 바뀌는 건 없죠. 여전히 돼지고기는 돼지고기일 뿐 소고기로 변하진 않잖아요."

상추쌈 하나를 더 싸먹고 나서 포수가 말했다.

"그런데 말이야…… 수상한 소문을 듣긴 했어. 나중에 동문회에서 들은 얘긴데, 감독님이 경기 전날 밤에 개봉부로부터 전화를 받았대."

"개봉부로부터?"

아버지가 물었다.

"그래. 9회 말 7대 7의 상황에서 너를 등판시키라고 말이야. 단 한 번도 너를 기용하지 않았던 감독님이 결정적인 순간에, 그것도 9회 말 2아웃 2스트라이크 3볼 상황에 널 마운드에 올린 것부터가 이상하지 않아?"

"왜 하필 날 선택한 거지?"

"자세하게는 모르겠지만 네가 던지는 공에 문제가 있었던 거

같아."

"문제가 있었다고? 내 공에?"

"포수인 나도 니 볼을 받을 때마다 어딘가 모르게 떨떠름한 느낌을 받긴 했어. 마치 투구 동작 사이에 나쁜 말을 공 위에 몰래 적어서 던지기라도 하는 것처럼 말이야. 내 말에 야구부 전원이 동의할 거야. 그런 불온한 공을 포대인이 용납할 턱이 없지."

"포대인께서 내 공을 과대평가한 거 아냐?"

"사실, 나도 그렇게 생각해. 그건 그렇고 너에게 꼭 해주고 싶은 말이 있어. 투수에 대한 책임감에서 하는 포수의 조언이니까 허투루 듣지 마. 야구선수라면 불합리해 보이는 판결에도 승복하는 자세를 배워야 해. 만약 그렇지 못하고 판정에 원한을 품고 살다간 인생을, 아니 야구를 증오하게 될 거야. 그러다 보면 어느 순간 자신도 모르는 사이에 훌리건이 되어 있을 거야. 훌리건이 된다는 게 어떤 의미인지 알아? 공무원 시험에서 마이너스 오십 점 정도는 감수해야 한다는 소리야. 그러니까 힘들더라도 웃으면서 받아들여야만 해. 그것이 판정에 대처하는 야구선수의 자세야."

마지막 남은 고기를 상추에 싸먹고 나서 포수가 말했다.

"그런데 너 어딘가 좀 변한 거 같다. 예전에는 내 사인에 고개를 저은 적이 없을 정도로 순응적이었는데. 그건 그렇고, 삼겹살 2인분만 더 시켜도 될까?"

육손 투수의 마구

투수가 던지는 공은 그 선수의 운명이다.

투구할 때 고통스러워 보일 정도로 몸을 비트는 까닭은 지름 7.23센티미터의 공을 던지는 것이 아니라 자신의 운명을 던지기 때문이다. 야구공에 새겨진 108개의 실밥을 괜히 백팔번뇌라 부르는 게 아니다.

흔히들 야구공은 그것을 던지는 투수를 닮는다고 말한다. 그러나 실상은 그 반대다. 투수야말로 자신이 던지는 공을 닮아간다. 그래서 투구판에 올라선 야구선수는 작은 디테일 하나에도 목숨을 건다. 야구공에 묻은 티끌만한 얼룩에도 공을 교체해주기를 수시로 요구한다.

여섯 손가락을 가진 아버지가 던진 공은 기구한 운명의 궤적을 그렸다. 야구공에 고작 손가락 하나를 더 얹었을 뿐인데 말이다. 우리 부자와 달리 다섯 손가락을 가진 당신은 그 고충과 설움을 절대로 이해할 수 없다. 이해한다고 착각할 수는 있겠지만.

리틀야구 시절에 이미 아버지는 육손 투수가 던진 공이 스트라이크존을 통과하기란 낙타가 바늘구멍으로 들어가기보다 어렵다는 사실을 깨달았다. 야구 교실과 야구 클리닉의 이름 있는 투수코치의 조련도 허탕이었다. 교정의 기미가 당최 보이지 않았다. 지도를 받을수록 제구는 오히려 엉망이 되었다. 세상의 모든 야구 교본과 투수코치는 다섯 손가락으로 공을 던지는 투수들에게만 유효했다. 스트라이크를 던지지 못하는 야구 소년의 얼굴에는 야구모자를 쓰지 않을 때조차 짙은 그늘이 서려 있었다.

리틀야구를 마치고 중학생이 된 야구 소년은 어느 날 스포츠 신문을 보다가 반가운 소식을 접했다. 그와 같은 육손 투수가 메이저리그 진출을 목표로 마이너리그에서 악전고투하고 있었다. 사진도, 인터뷰도 없는 단 몇 줄의 기사였지만 야구 소년의 가슴을 두근거리게 하기에 충분했다. 야구 기사를 탐독할 정도로 성숙한 소년은 한영사전을 펼쳐놓고 장문의 편지를 썼다. 얼마 후 짧은 답장이 날아왔다.

지구 반대편의 육손 투수는 제구력을 가다듬기 위해 거추장스러운 손가락을 절제했다고 고백했다. 그 결과 그는 트리플 A팀인 아이오와 컵스에서 스물다섯 경기에 등판해 12승 5패 3세이브, 평균 자책점 2.75, 탈삼진 115개를 기록하여 꿈에 그리던 메이저리거가 되었다. 친절하게도 그는 추신에 절제수술을 집도한 존스 홉킨스 대학의 닥터 K를 추천하기까지 했다.

야구 소년은 그의 조언이 고맙기보단 서운했다. 이상한 일이었다. 야구공을 잡은 이래로 줄곧 남들에게는 없는 가운뎃손가락을 원망해왔는데 말이다. 이제 소년은 지상에 남겨진 유일한 육손 투수가 되었다. 소년은 아이들이 야구를 하다 수풀 속에 잃어버리고 간 야구공처럼 쓸쓸함이 가득한 얼굴로 편지를 접었다.

중학교 졸업을 일 년 앞둔 어느 추운 겨울날 야구 소년은 일생일대의 결심을 했다. 여섯번째 손가락을 받아들이기로 한 것이다(물론, 쉬운 결정은 아니었다. 이온음료를 취할 정도로 마신 어느 날인가는 책상 위에 손가락을 올려놓고 도루코 면도칼을 들이대기도 했다. 면도날에 닿은 살갗에 피 한 방울이 맺히지 않았다면, 그걸 보고 기절하지 않았다면 세상은 또 한 명의 육손 투수를 잃고 말았을 것이다).

야구 소년은 팔이 비틀리지 않은 게 용할 정도로 많은 공을 던졌다. 그러면서 조금씩 여섯번째 손가락을 제어했다. 아니, 여섯번째 손가락이 야구 소년을 제어했다. 여섯번째 손가락에 힘이 실리는 순간 야구 소년은 비로소 자신의 공을 던지는 느낌이었다. 서서히 영점이 잡혀갔다. 유난히 긴 손가락에 공이 제대로 긁히는 날엔 스트라이크라는 이름의 천국과 볼이라는 이름의 지옥을 마음대로 오갈 수 있었다. 그것도 공 반 개 차이로.

제구력을 손에 넣은 육손 투수의 야구 인생은 어땠을까?

그야말로 탄탄대로를 달렸다. 중학교 졸업을 앞둔 아버지는 전국 굴지의 고교 야구부들로부터 러브콜을 받았다. 천하무적 육손 투수를 스카우트하기 위해 억대의 장학금, 눈부신 해변이 포함된 고급빌라, 미스코리아들이 스튜어디스로 딸려 있는 전용기를 제공하는 학교까지 있었다. 고심 끝에 아버지는 백지수표를 제시하며 삼고초려한 어느 명문고에 진학했다.

천하무적 육손 투수는 고교 삼 년간 총 백 경기에 출전하여 무려 예순한 번의 완봉승, 스물두 번의 노히트노런과 열일곱 번의 퍼펙트게임을 기록했다. 통산 방어율 0.00을 기록하며 MVP를 비롯한 상이란 상은 모조리 싹쓸이했다. 아버지의 공은 삼 년 연속 그해의 명품 구질에 선정되었다. 고교야구를 평정한 천하무적 육손 투수의 투구를 직접 살펴보기 위해 스피드건을 든 메이저리그의 스카우터들이 대거 몰려들기까지 했다.

거짓말이다. 실제로 일어난 일은 다음과 같았다. 고교 시절 자신의 은퇴 경기에 패전투수로 등판할 때까지 아버지는 삼 년 동안 주구장창 벤치를 지켰다. 경기 내내 딱딱한 의자에 앉아 있기 위해서 늘 푹신한 쿠션을 준비해야 했다. 감독은 연습 시합에조차 아버지를 출전시키지 않았다. 스포츠맨십에 충실한 야구 소년은 그 이유를 따지지 않았다. 감독의 결정에 군말 없이 복종했다.

도대체 무엇이 문제였을까?

8푼 2리의 포수가 지적한 대로 아버지가 던지는 공은 불온한 기운을 자아냈다. 아버지의 육손을 떠난 공의 궤적은 희귀한 날벌레의 비행처럼 낯설었고, 공의 회전은 보는 이의 심사를 불편하게 만들었으며, 바람을 가르는 소리는 유독 귀에 거슬렸다. 포수의 미트를 파고드는 음색은 더할 나위 없이 반항적이었다. 무엇보다 투구가 끝나고 난 뒤의 묵직한 정적은 주변 사람들의 마음을 뒤흔들어놓았다.

사실 아버지가 던진 공을 언어로 재현하는 것은 불가능하다. 그것은 한국시리즈 MVP 출신의 야구 전문 만화가에게도 지난한 작업이다. 어떠한 노력도 헛스윙으로 그칠 뿐이다. 차라리 포크로 수프를 떠먹는 편이 쉬울 것이다.

그러나 그 공을 경험하기는 쉽다. 만일 당신이 그럴 용의가 있다면, 우리 집 앞에 있는 공터로 오면 된다. 그곳에서 우리 부자는 캐치볼을 한다. 글러브를 가져오지 않아도 좋다. 손님을 맞이할 때를 대비해 항시 여분의 글러브를 준비해두고 있으니까.

고교 시절 내내 아버지는 부정 투구 의혹으로부터 자유롭지 못했다. 실밥을 물어뜯거나 침을 바르지도 않았는데 말이다. 언젠가부터 야구부원들은 공을 주고받는 것만으로도 불쾌한 기분이 든다며 육손 투수와의 캐치볼을 보이콧했다. 아버지에게서 빵과 우유를 비롯한 향응을 제공받은 통산타율 8푼 2리의 포수만이 육손 투수의 공을 받아주었다.

언젠가부터 아버지가 마구를 던진다는 소문이 퍼지기 시작했다.

포수의 사인에 단 한 번도 고개를 저은 적 없는 순응적인 육손 투수가 어떻게 해서 마구를 던지게 된 것일까?

나는 지금 그 비밀을 최초로 공개하려고 한다. 이것은 아버지를 숭배하는 골수 훌리건들조차 모르는 비화다.

아버지는 마구를 손에 넣기 위해 악마와 FA 계약을 체결했다. 구체적인 계약 조건은 공개할 수 없다. 지옥에 트레이닝캠프를 차리고 각종 마구를 절차탁마했다. 지옥 훈련에서 복귀한 뒤로는 아침저녁으로 치어리더의 싱싱한 피를 흡입했다. 아버지의 냉장고 안에는 치어리더의 엑기스가 담긴 일회용 포장백이 빼곡했다. 원기 회복을 위해 마셨다기보단 그냥 맛있어서 먹었다.

전국의 야구장 스무 곳이 일주일 새에 불에 타 잿더미가 된 사건을 기억하는가? 경찰의 수사망을 비웃듯 빠져나간 희대의 연쇄방화범은 바로 아버지였다. 파이어볼을 수련하던 중에 힘

조절을 잘못해서 불이 번진 거였다. 아버지는 프로야구 강타자들이 연쇄적으로 살해당한 엽기적인 사건과도 무관하지 않았다. 피해자들은 모두 도장 깨기 수행 중이던 아버지의 마구에 맞아 사망했다. 버뮤다 삼각지대에서 실종되는 항공기와 관련한 미스터리는 당신도 익히 알고 있을 것이다. 그러나 그 전말을 알고 보면 미스터리고 자시고도 없다. 그 비행기들은 해외 전지훈련 중이었던 아버지가 던진 야구공에 맞아 추락한 것에 불과했다.

당연히 거짓말이다. 나 역시 마구의 비밀을 알지 못한다. 내가 아는 바라고는 아버지가 하루도 거르지 않고 야구공을 던졌다는 사실뿐이다.

매일 저녁 야구부원들이 모두 돌아간 텅 빈 운동장에는 아버지 혼자 덩그러니 남아 있었다.

아버지는 어두워져 공이 보이지 않을 때까지 야구공을 던졌다.

한계 투구수를 넘어설 때쯤이면 운동장 저편에서 그 시절 아버지에게 좌절감을 선사했던 부조리한 현실이 등장했다.

보스턴 레드삭스 야구모자를 거꾸로 쓴 부조리한 현실은 알루미늄 배트를 땅에 질질 끌며 걸어왔다. 배트박스 안에 들어설 때까지 풍선껌을 스물다섯 번이나 터트렸다. 아랫배가 나온 부조리한 현실은 알루미늄 배트를 길게 잡고는 타격 자세를 취했다.

아버지는 부조리한 현실을 향해 전력투구했다.

만약 야구에 조예가 깊은 우아하고 감상적인 야구해설가가 우연히 지나가다 순응적인 육손 투수와 부조리한 현실의 대결을 목격했다면, 다음과 같이 침을 튀기며 중계했을 것이다.

"자자, 이제 투수 공을 던집니다. '주전자 당번은 이제 그만' 이로군요. 구위가 살아 있네, 살아 있군요. 정말 멋진 공이에요. 순응적인 육손 투수의 공이라고 치부할 수 없을 정도로 반항적이군요. 초구 스트라이크입니다. 투수 '볼보이는 지겨워'를 몸쪽 높게 던집니다. 아슬아슬한 볼이네요. 타자 속지 않아요. 아, 노련해요. 노련하네요. 지금 상황에서 투수는 아마 '단체기합은 저질이야'를 바깥쪽 유인구로 던질 겁니다. 아, 역으로 가는군요. '줄빠따는 사랑의 매가 아니잖아요'를 몸 쪽에 과감히 붙이는군요. 2스트라이크 1볼. 투수 다시 한번 와인드업! 헛스윙 삼진아웃. 방금 던진 돌직구가 '왕따는 고의사구보다 나빠'였나요? 아니군요. 결정구는 '선생님, 야구가 하고 싶어요'였군요. 야구적 감수성으로 충만한 명불허전의 피칭이군요."

모든 불만스러운 피가 유별나게 긴 손가락 끝으로 몰리던 그 시절 아버지는 야구공을 던지는 것 말고는 자신의 감정을 해소하는 방법을 몰랐다.

야구공이 여섯번째 손가락에 긁히는 순간 아버지가 평소 고의사구로 외면해왔던 불온한 감정들이 야구공 안으로 스며들었다.

고교 3학년 지역 예선. 9회 말 7대 7 주자 만루. 2아웃 풀카운트 상황. 아버지는 남몰래 연마해온 마구를 세상에 선보였다.

"보올!"

스트라이크존 한복판을 통과했음에도 불구하고 아버지의 공은 판관 포청천에게 스트라이크로 판정받지 못했다. 아버지는 아웃 카운트, 아니 스트라이크 하나 잡지 못한 채 패전투수로 전락하고 말았다.

여기서 한 가지 질문을 던지려 한다.

아버지의 공이 스트라이크로 판결받지 못한 것은 단순한 불운이었을까?

나는 그렇지 않다고 주장한다. 8푼 2리 포수의 증언처럼 아버지가 처음이자 마지막으로 출전한 그 시합은 육손 투수의 마구를 단죄할 심산으로 마련된 극적 무대였다.

나는 어설픈 음모론을 유포하려는 게 아니다. 내 의도는 진실을 규명하여 개봉부의 정치적 술수를 고발하려는 것뿐이다.

개봉부의 가장 막중한 업무는 무엇인가? 그것은 마구에 대한 사전 검열과 처벌이다. 포청천이 판관으로 등극한 이후로 시민사회에 위협이 될 만한 소지가 조금이라도 있는 불온한 공은 모조리 응징의 대상이 되었다.

야구선수 출신인 포청천은 마구의 무서움을 그 누구보다 잘 알고 있었다. 사람의 마음을 뒤흔드는 투수의 공만큼 시민사회를 위협하는 것은 없다. 진정으로 위험한 공은 스피드건이 아니라 보는 이의 마음에 찍힌다.

톰 아저씨가 던진 돌직구 하나 때문에 미합중국의 서른네 개 주는 노예 해방 전쟁에 돌입하여 사 년간 격전을 치렀다. 간디나 마틴 루터 킹이 던진 이단적인 공은 또 어떻게 세상을 전복시켰는가? 그들의 마구는 총이나 칼보다도 위협적이다. 방심은 절대 금물이다.

최근 유출된 개봉부 기밀서류에 의하면 아버지의 공은 개봉부 산하의 심의기관인 야구윤리위원회에 여러 차례 신고 접수되었다고 한다. 장황한 고발 내용을 뭉뚱그리면 다음과 같다.

야구적 통념에 비추어봤을 때 다섯 손가락이 아닌 여섯 손가락으로 공을 던지는 행위는 그 자체로 반칙이며, 이는 곧 야구에 대한 반역이나 다름없다. 이와 같은 육손 투수의 기형적인 투구는 비윤리적인 구질을 전파함으로써 야구팬들의 육체와 정신 건강에 심각한 위해를 가할 뿐 아니라 (……) 야구의 정신에 위배되는 육손 투수의 공은 시민 스포츠인 야구를 전복시킬 만한 반체제적인 마구임에 틀림없다. 그러므로 시민사회에 끼칠 파문을 고려했을 때 일벌백계가 시급하다.

이처럼 육손 투수의 마구는 판관 포청천이 친히 판결을 내릴 정도로 위험천만한 공이었던 것이다.

포청천이 내린 판결의 후유증으로 아버지는 스티브블래스 증후군*에 걸리고 말았다. 더 이상 스트라이크를 던질 수 없게 된 것이다.

포수의 미트가 점점 멀게 느껴지더니 어느 순간 아버지는 야구 밖으로 밀려나 있었다.

---

* 스티브블래스 증후군은 심리적 공황 상태에 빠진 투수가 경기 중에 스트라이크를 던지지 못하게 되는 야구의 직업병이다. 병명은 70년대 초 피츠버그에서 활약했던 전설적인 우완 투수 스티브 블래스의 이름에서 따왔다. 그는 1972년까지 팀을 월드시리즈 우승으로 이끄는 등 전성기를 누렸지만, 그 다음해인 1973년부터 스트라이크존 안으로 공을 던질 수 없게 된다. 수차례 정밀검사를 받아보았으나 육체적인 이상은 발견하지 못했다. 그해 그는 9.95의 방어율을 기록했으며, 88이닝 동안 무려 여든네 개의 포볼을 내주었다. 제구력을 잃은 그는 야구선수로서 사망선고를 받은 것이나 다름없었다. 그는 결국 1974년 5이닝 동안 일곱 개의 포볼을 던진 뒤 방출되었다.
스티브 블래스 이후로도 적지 않은 투수들이 스티브블래스 증후군에 의해 선수 생명을 끝마쳤다. 최근의 사례로는 비운의 천재 투수 릭 엔키엘이 있다. 그는 메이저리그에 데뷔한 열아홉 살에 11승, 방어율 3.50, 탈삼진 194개를 기록할 정도로 장래가 촉망되는 유망주였다. 그러나 그해 플레이오프 첫 경기에서 스티브블래스 증후군에 걸리고 만다. 그는 한 이닝 동안 (메이저리그 최고 기록인) 다섯 개의 폭투를 기록한 뒤 마운드에서 내려왔다. 그 뒤로 그는 투수를 포기하고 타자로 전향했다.
수많은 투수들을 불행에 빠트린 스티브블래스 증후군은 '죽음에 이르는 병'이라 불리기도 한다.

좁은 문

아버지와 어머니는 야구 경기를 관람하러 D시행 열차를 탔다.

경비를 절감하기 위해 세 개의 '패스트볼 호'를 거른 뒤 '체인지업 호'에 올라탔다. 목적지를 향해 느릿느릿 다가가는 동안 삼등칸의 딱딱한 플라스틱 의자에 여덟 시간을 앉아 있어야 했다. 네 번의 환승이 아니었다면 엉덩이에 쥐가 날 뻔했다.

지난 토요일 오찬 중에 포청천이 기침을 연달아 세 번이나 한 탓에 아버지가 거주하던 도시와 가까운 P시에서 열릴 예정이었던 주말 경기는 송두리째 취소되었다. 어머니는 P시의 명물인 신문지 응원과 부부젤라 연주를 놓치게 된 걸 안타까워했다. 그러나 이때는 그러한 응원이 금지된 지 이미 오래였다. 어머니는 야구계의 물정에 어두웠다.

"포청천이 재채기를 하면 야구가 감기에 걸린다더니, 덕분에 먼 걸음하는구나."

기차에서 내리기가 무섭게 어머니가 입을 삐죽거렸다. 주변에 있던 시민들이 어머니에게 험악한 눈길을 던졌다. 그들 중 일부는 하얀색 중절모를 반듯하게 쓰고 있었다.

"오해하지 마세요. 포대인의 건강을 염려해서 하는 말이에요."

아버지는 손을 뻗어 어머니의 입을 막는 동시에 하얀 중절모 무리를 향해 해명했다. 아버지의 목소리는 필요 이상으로 진정성이 넘쳐났다. 험악한 눈들이 간신히 거두어졌다.

하얀 중절모는 KKK 단원들의 표식이었다. 삼진아웃을 의미하는 K가 암시하듯 KKK단은 지상의 모든 훌리건을 삼진아웃시키기 위해 창립된 우익단체로 야구를 종교로 섬기는 극단주의자들로 구성되어 있다. 하얀 중절모들은 교회나 성당이 아닌 야구장에 간다. 일요일뿐 아니라 평일에도 간다. 독실한 신자인 이들 덕택에 야구는 시민종교로 발돋움할 수 있었다.

아버지는 어머니를 끌고 역사의 한쪽 모퉁이로 갔다.

아버지의 어깨에 매달린 보스턴백에는 어머니가 자필로 쓴 플래카드가 들어 있었다. 하얀 천에 적힌 '야구가 죽었다'라는 시위 문구가 발각된다면 두 사람은 집단린치의 희생양이 될 게 뻔했다. 현장에서 즉결처분될 것이다. 내일자 스포츠 신문은 훌리건에 대한 정당방위였다며 가해자들을 비호할 것이다. 그들은 이슬람의 명예살인자처럼 어떠한 처벌도 받지 않을 것이다.

믿을 만한 소식통에 의하면 개봉부는 야구의 복음을 전달하는 전도사인 하얀 중절모들에게 '훌리건 살인면허'를 발급했다고 한다. 두말하면 잔소리겠지만 야구의 배교자인 훌리건에게 인권이란 없다.

하얀 중절모들의 시선이 미치지 않는 사각지대에 이르렀다는 판단이 섰을 때쯤 아버지가 주변을 살피며 말했다.

"오심을 증언할 증인이나 증거도 확보하지 못한 채 소송을 시작하는 건 본헤드 플레이가 아닐까? 더 늦기 전에 돌아가는 열차를 타는 게 좋을 것 같아. 경기 중에 기습적인 피켓 시위를 하는 것은 게릴라에게나 어울리는 수작이잖아. 최근 들어 악몽이 잦아들기는커녕 부쩍 사나워지고 있어. 조짐이 심상치 않아."

"형, 내가 수감 생활 동안 깨달은 게 뭔지 알아?"

"뭔데?"

"사법체계의 스트라이크존은 결코 투명하지 않다는 사실. 그곳에서 나는 억울하게 유죄를 선고받은 시민들을 수도 없이 만났어. 그들 전부를 합하면 야구팀 창단은 물론이고 챔피언스리그를 치르고도 남을 정도야. 그러다 보니 유죄와 무죄를 분별하는 선구안이 생겼지. 나는 그들이 무죄라는 걸 쉽게 간파할 수 있었어."

"어, 어떻게?"

아버지가 물었다.

"그들의 무죄를 입증하는 것은 그들의 억울함이었어. 그곳에는 형처럼 악몽에 시달리는 선량한 시민들이 많았어. 악몽에 짓눌린 비명 소리가 울려퍼지지 않는 밤이 없었지. 앗."

어머니의 허리가 꺾이더니 등이 오르락내리락했다. 장거리 여행의 여파로 어머니는 심한 구토기를 느꼈다.

헛구역질을 하면서도 어머니는 말을 멈추려 하지 않았다.

초행길이었으나 안내 표지판을 보거나 행인을 붙잡고 길을 물어볼 필요는 없었다.

주루코치의 안내 없이는 2루에서 3루로 가는 길도 헤맬 정도의 길치라도 찾아가는 데 어려움이 없을 정도였다. 기차역에서부터 야구장까지 이어지는 거대한 행렬에 합류하기만 하면 되었다.

시민들의 발걸음에서는 '모든 길은 야구장으로 통한다'는 확신이 모래 위의 발자국처럼 선명하게 찍혔다. 무리 속에서 아버지는 잘못된 방향으로 가고 있는 것처럼 불안했다.

"이게 어떻게 된 거지?"

제7포청천 경기장 앞에 도착한 어머니는 잘못된 주소를 찾아온 우편배달부처럼 당혹스러운 표정을 지었다.

야구장은 미사를 앞둔 성당 앞처럼 고요했다. 함부로 소리를 내어서는 안 될 것 같은 엄숙한 분위기였다. 입장을 기다리는 관중들도 야구라는 종교 행사에 참석하는 신자처럼 몸가짐이 엄숙했다.

"항의 피켓을 든 시위대가 보이지 않는데, 도대체 무슨 일이지?"

주변을 둘러보던 어머니가 물었다. 실망이 뚝뚝 떨어져 웅덩이를 형성할 것 같은 목소리였다.

"포대인께서 판관으로 등극한 뒤로 훌리건들은 야구장에 발붙일 수 없게 됐어."

아버지는 오랫동안 야구를 등졌으나 뉴스보도를 통해 야구의 동향을 파악하고 있었다. 포청천이 '훌리건과의 전쟁'을 선포한 이후 시위 피켓을 들고 거친 구호를 외치던 시민들은 야구장에서 멸종동물처럼 종적을 감추었다. 바리케이드도, 스프레이 낙서도 사라졌다. 야구장은 더 이상 사회 정의를 부르짖는 장소가 아니었다. 사회 정의가 실현되는 곳은 더더욱 아니었다.

아버지는 안개처럼 아득한 최루가스와 공중에서 춤을 추는 물대포, 요란한 호루라기 소리, 전투경찰을 상대로 난투를 벌이던 훌리건들을 떠올렸다.

야구장 앞이 축구장처럼 아수라장이었던 시절이 있었다. 4-4-2 포메이션의 경찰과 3-5-2 포메이션의 훌리건들이 마구

뒤엉켜 군대스리가*를 방불케 하는 전투 축구를 벌였다. 거친 몸싸움과 자비 없는 백태클은 불필요한 신체 접촉을 금기시하는 신사의 스포츠 야구에서는 찾아보기 힘든 스펙터클이었다.

훌리건들은 매년 인상되는 입장료를 반값 수준으로 인하할 것을 요구하며 궐기했다. 각 팀에서 투수나 타자로 근무하는 이주노동자에 대한 차별 철폐 및 노동 환경 개선을 위해 시위를 벌였다. 길바닥에 큰대자로 드러누워 부패 심판의 출입을 가로막으며 청문회를 요청하기도 했다.

돌연 몸속에서 최루가스가 안개처럼 피어오른 것처럼 아버지의 목이 칼칼해졌다.

경기 시작 여섯 시간 전인데도 매표소 앞에는 기다란 줄이 형성되어 있었다.

저 중에는 좋은 자리를 선점할 요량으로 전날 밤부터 텐트를

---

* 프리메라리가, 프리미어리그, 세리에 A, 분데스리가, 군대스리가는 세계 5대 축구 리그로 꼽힌다. 그중에서도 현역 군인들의 리그인 군대스리가는 세계 최강이라 자부할 수 있다. 등록된 선수만도 육, 해, 공군 합하여 무려 팔십만 명이다. 예비역을 포함할 경우는 사백만 대군에 육박한다.
축구 유니폼 대신 전투복을, 축구화 대신 전투화를 착용한 선수들은 매 경기 전투를 벌이듯 거친 경기력을 선보인다. 이러한 전투 축구에 비하면 나머지 리그는 양민들의 공놀이라 해도 과언이 아니다. 주급 이만 원에 목숨을 걸고 경기에 임하는 국방부 소속의 선수들을 보면 그들을 감히 군바리라고 비하하지 못할 것이다.

치고 밤샘을 한 이도 있을 것이다. 야구팬에게 야구장 앞은 산이나 강보다 훨씬 근사한 캠핑 장소였다. 늦잠을 자다 표를 구하지 못하는 안타까운 사연도 간혹 있었다.

아버지는 줄의 길이를 가늠했다. 세상 모든 일이 그렇듯 줄을 잘 서야 한다. 화장실에서는 특히 그래야 한다. 야구장에서는 더더욱 그래야 한다.

"입장권 필요하시죠?"

황갈색 서류가방을 든 남자가 매표소로 걸어가는 아버지와 어머니를 붙잡았다. 고급 정장에 뿔테안경, 명품 수제 구두. 가슴에 붙은 암표상이란 명찰만 아니었다면 사무직 공무원으로 착각하기 딱 좋았다.

"저한테 사면 줄설 필요 없이 바로 입장할 수 있어요."

"그거 암표 아닌가요?"

어머니는 남자가 손에 쥐고 있는 입장권 뭉치를 보며 물었다.

"가격은 정가의 열 배만 받을게요. 아시다시피 매표소에서는 괜찮은 자리를 구할 수 없거든요. 어느 쪽 자리를 드릴까요? 1루석? 3루석?"

"경범죄처벌법 1조 47항에 의하면 흥행장, 경기장, 역, 나루터 또는 정류장, 그 밖의 정해진 요금을 받고 입장시키거나 승차 또는 승선시키는 곳에서 웃돈을 받고 입장권, 승차권 또는 승선권을 다른 사람에게 되판 사람은 벌금 십만 원 이하 또는

구류, 과료에 처해지게 된다. 그리고 이러한 죄를 범하도록 시키거나 도와준 사람은 죄를 범한 사람에 준하여 벌한다. 이러한 사실을 알고 계신가요?"

어머니가 물었다.

"그건 그냥 법일 뿐이죠. 야구법이 세속의 법보다 상위에 있다는 걸 모르시진 않겠죠? 저는 야구장 앞에서 방황하는 야구팬을 구제할 뿐입니다. 이 표는 불법적인 암표가 아니니 안심해도 괜찮습니다. 높은 곳의 허가를 받은 합법적인 암표입니다. 자 보세요."

합법적인 암표상이 합법적인 암표를 내밀었다. 표의 정중앙에는 개봉부의 직인이 찍혀 있었다. 수익금 전액은 포청천 재단을 후원하는 데 쓰인다는 문구도 보였다.

"저희는 암표 따윈 사지 않겠어요. 마르틴 루터라는 중세의 야구선수가 살아 있었다면 암표 판매를 비판하는 반박문을 매표소 주변에 붙여두었을 거예요. 부끄러운 줄 아세요."

합법적인 암표상과 아버지는 잠깐 동안 서로의 얼굴을 쳐다봤다. 둘은 마르틴 루터라는 야구선수를 아느냐고 눈으로 물었다.

"저기 혹시 남은 표 있나요?"

'강남에서 난 용'의 유니폼을 입은 커플이 합법적인 암표상에게 다가왔다. 합법적인 암표상은 가방에서 합법적인 암표를 꺼내 그들을 구제해주었다. 커플은 성당의 스테인드글라스에 그려진 구원받은 아기 천사처럼 해맑은 미소를 지었다.

어머니와 아버지는 암표상을 뒤로하고 매표소로 다가갔다. 긴 대열에 합류한 아버지는 내심 마음이 놓였다. 차라리 잘됐어. 안 그래도 야구장 안으로 들어가고 싶지 않았는데.

그러나 아버지의 바람과 반대로 줄이 빠른 속도로 줄어들었다. 두 사람은 가까스로 외야석을 구입할 수 있었다. 서로 네 칸 떨어진 자리이긴 했지만.

야구장 출입문은 좁기로 유명하다.

9·11테러 이후 존 F. 케네디 공항의 아랍인 전용 출입문과 헤이젤 참사* 직후의 잉글랜드 축구장 정문을 제외하고는 비교

---

* 다음 보기 중 스포츠 역사상 가장 충격적인 스코어는 무엇일까?

① 미국 여자 농구 경기에서 블루밍턴 사우스 여고가 알링턴 여고를 상대로 107대 2의 패배를 기록한 것(블루밍턴 사우스고가 획득한 2점은 모두 자유투였다).

② 마다가스카르 프로축구 리그에서 SOE가 AS 이데마에게 149대 0으로 대패한 것(149골은 모두 편파 판정에 항의하는 자살골이었다).

③ 일본 고교야구 지역예선에서 후카우라 고교가 도오기주쿠 고교를 맞아 단 하나의 안타도 빼앗지 못하고 122대 0으로 참패한 것(이 경기 이후로 콜드게임의 규정이 바뀐다).

안타깝게도 모두 오답이다. 사망자 서른아홉 명, 부상자 육백 명, 구속된 훌리건 스물아홉 명(그중 살인죄로 기소된 훌리건 열네 명). 이것은 1985년 5월 29일 벨기에의 헤이젤 스타디움에서 열린 리버풀과 유벤투스의 유럽 축구 결승전 스코어다(득점이나 도움 따위의 사소한 숫자들을 기억하는 이는 아무도 없었다).

대상조차 찾기 힘들다. 야구장의 좁은 문에 비하면, 축구장이나 농구장의 출입문은 자동문 수준이라 할 수 있다.

참사는 경기 시작을 알리는 휘슬이 불리기도 전에 시작되었다. 결승전을 앞두고 흥분을 주체하지 못한 일부 훌리건들이 벌인 몸싸움이 쇠파이프를 휘두르는 난투극으로 바뀌었다. 돌발적인 폭력 사태를 피해 우왕좌왕하던 관중들이 뒤엉켜 경기장 일대는 아수라장이 되었고, 그 와중에 엎친 데 덮친 격으로 칠 미터 콘크리트 벽이 붕괴되면서 사상자가 속출했다. 텔레비전 생중계로 헤이젤 참사를 목격한 전 세계 스포츠 팬들은 107대 2, 149대 0, 122대 0의 패배를 트리플헤더로 당한 것보다도 더 큰 충격에 빠졌다.
세계 각국의 미디어는 헤이젤 스타디움의 부실한 시설 문제, 육만 관중을 통제하기에는 턱없이 부족했던 안전요원의 배치(현장에는 고작 스무 명의 안전요원이 있었다), 사고 가능성이 농후하다는 전문가들의 지적을 수차례 무시하고 경기를 강행한 축구협회의 안전불감증, 관중들의 안전보다는 책임 회피를 위해 훌리건들의 범죄 이력 조회와 혈중 알코올 농도 측정에 치중한 경찰의 한심한 대응을 냉철하게 비판하기보다는 자극적이고 선정적인 보도에만 열을 올렸다. 훌리건들이 경찰의 얼굴에 오줌을 누었다느니, 사망한 관람객의 호주머니를 뒤져 지갑을 훔쳤다느니 하는 기사가 신문 일면을 장식했다. 헤이젤 비극의 모든 책임을 뒤집어쓴 훌리건들은 (축구계, 야구계, 농구계 가릴 것 없이) 악령과 같은 존재가 되었다.
바야흐로 훌리건들의 수난 시대가 막을 연 것이다. 당시 영국의 수상이었던 마가렛 대처를 비롯한 세계 각국의 지도자들은 훌리건을 통제하기 위한 훌리건 등록법을 제안했다. 정치권에서는 훌리건에 대한 일대일 감시체제의 필요성을 논의했으며, 세계스포츠협회는 경기장 펜스에 고압 전류를 설치하는 계획을 세웠다. 경기장 안의 보안경찰들은 영장 없이도 훌리건을 즉각 체포할 수 있는 권한을 부여받았으며, 훌리건 진압용 탱크와 장갑차는 경기장의 자연스러운 풍경의 일부가 되었다.
헤이젤 참사의 책임을 물어 잉글랜드의 모든 프로축구클럽은 오 년간, 리버풀은 칠 년간 국제대회 출전을 금지당했다. 그리고 훌리건에게는 폭력, 테러, 살인 따위의 주홍 글자가 영원히 따라다니게 되었다.

야구로 향하는 문이 좁아진 가장 큰 이유는 야구의 안보 때문이었다. 다시 말해 공공의 적 훌리건을 원천봉쇄하기 위해서였다. 훌리건 색출을 목적으로 곳곳에 설치된 안면인식 CCTV가 커다란 눈을 치켜뜨고 있었고, 훌리건의 악취를 감별하도록 육성한 탐색견이 코를 킁킁거렸다. 경비원들은 블랙리스트에 등재된 사진과 일치하는 불순한 얼굴들을 살폈다. 그들은 거동이 수상한 자를 보는 즉시 불심검문할 권리를 부여받았다.

야구장의 좁은 문은 오직 모범적인 시민에게만 열려 있었다. 신원이 불분명한 자, 관상이 흉악한 자, 오사마 빈 라덴 스타일로 무성한 수염을 배꼽까지 늘어뜨린 아랍인, 국민연금 체납자, 성적 소수자, 야구 이외의 다른 종교를 섬기는 이교도, 악역 전문 배우, 대여한 도서나 비디오를 장기연체한 자 등등은 문전박대를 당했다.

야구장에 입장한다는 것은 스스로가 명예로운 시민임을 공인받는 것이나 다름없기 때문에 시민들은 솔선해서 불편을 감수했다. 투시카메라가 속살을 들여다보는 것조차 흔쾌히 허락했다. 복잡한 검문으로 인해 9회 말 2아웃에 입장하게 되더라도 불평하는 시민은 없었다. 그 정도의 희생쯤은 노 아웃 주자 3루 상황에서 요구되는 희생 플라이처럼 당연하게 여겼다.

그러나 어머니는 그런 희생 플라이를 단호하게 거부했다.

"무슨 근거로 신분증을 요구하는 거죠?"

어머니가 불심검문에 응하지 않자 경비원의 턱이 딱딱해졌다. 그의 뒤쪽 벽에는 수배 중인 훌리건들의 몽타주가 붙어 있었다. 평범한 시민과 다를 바 없어 보이는 얼굴들. 야구모자만 씌운다면 야구선수와 구분이 어려울 것이다. 큼지막한 빈 공간이 눈에 띄었다. 미래의 거물을 위해 예약해놓은 듯한 여백.

"시민에겐 검문을 거부가 권리가 없습니다. 적어도 야구장 안에서는요."

"설사 만 명의 훌리건을 놓치는 한이 있더라도 단 한 명의 무고한 시민을 의심해선 안 되는 것 아닌가요?"

"단 한 명의 훌리건을 체포하기 위해서라면 시민 만 명의 희생이라도 감수하는 게 맞죠."

어머니가 경비원과 실랑이를 벌이자 아버지는 생면부지의 타인인 것처럼 행세했다. 처음 경험하는 일이 아니었던 탓에 어머니는 놀라거나 당황하지 않았다. 시위 현장에서 도주할 때에도 아버지는 어머니의 손을 아무런 죄책감이나 미안한 감정 없이 뿌리치곤 했었다.

경비원에게 질질 끌려가며 어머니는 발버둥쳤다. 아버지는 뒤돌아보지 않았다. 아버지의 걸음은 점차 빨라졌다.

알전구 하나가 매달려 있는 작은 방에는 책상 하나와 의자 두 개가 단출하게 놓여 있었다.

"당사자의 동의 없는 몸수색은 불법 아닌가요?"

노란 불빛 아래에서 프로레슬러처럼 덩치가 큰 두 여자가 어머니의 몸을 함부로 뒤졌다.

"지문 날인은 시민을 잠재적인 범죄자로 간주하는 심각한 인권침해예요."

프로레슬러처럼 덩치가 큰 두 여자는 어머니의 지문을 강제로 채취했다.

"교도관들조차 이토록 무례하진 않았어요. 그들은 피치 못하게 몸수색을 해야 할 때면 정중하게 양해를 구했어요. 그리고 제 방에 들어올 때에는 노크를 하고 신발을 벗는 예절을 잊지 않았다고요."

프로레슬러처럼 덩치가 큰 두 여자는 어머니의 말이 들리지 않는다는 듯 한쪽 벽으로 가서 부동자세를 취했다.

잠시 후 문이 열리더니 선글라스를 낀 검은 양복의 남자가 안으로 들어왔다. 최소 몇 년은 취조실 바깥바람을 쐰 적이 없는 것마냥 선글라스 너머의 피부가 창백했다.

남자는 어머니에게 다가와 의자를 내어주었다.

"편히 앉으세요."

어머니가 의자에 앉자 그는 책상 맞은편에 자리를 잡았다.

"훗, 나쁜 경찰 좋은 경찰 수법인가요?"

어머니가 긴 다리를 꼬며 말했다.

"야구보안법에 근거한 합법적인 심문이므로 긴장할 필요는 없습니다. 협조만 하시면 금방 끝납니다. 저는 질문을 던지고 그쪽에서는 받아치면 되는 겁니다. 투수와 타자처럼 말이죠. 물론, 묵비권을 행사할 권리는 없습니다."

남자는 천장에 설치된 CCTV를 의식하듯 선글라스를 매만졌다. 그의 손동작은 색안경을 처음 착용한 송나라 시대의 심문관처럼 어색해 보였다. 선글라스의 한쪽 테에는 은색 초승달이 박혀 있었다.

"긴장할 이유가 없잖아요."

어머니는 카메라 앞에 선 노련한 배우처럼 머리를 쓸어올리며 여유로운 미소를 지었다. 급진적인 운동권이었던 어머니에게 취조실이란 친구의 자취방처럼 친근하다 못해 포근한 공간이었다. 오렌지 주스나 커피를 대접하지 않는 점을 빼고는.

"경력이 제법 화려하시군요. 평화공원 불법 점령 시위에도 참여했군요. 저도 그 현장에 진압요원으로 있었는데, 구면일 수도 있겠군요."

남자는 어머니의 이력이 기록되어 있는 이십 미터 길이의 두루마리 종이를 당겨 읽으며 말했다.

"가석방 기간이군요. 저희가 이런 정보를 안다고 해서 놀랄 건 없습니다. 개봉부는 야구장 안팎의 모든 기록을 관장하니까요. 기록에 철저한 게 우리 야구인들의 습성이자 긍지죠. 야구를 괜히 기록의 스포츠라 부르는 게 아니랍니다. 선수의 활약은 물론이고 외야석에 앉은 관중의 침 삼키는 소리, 한숨 소리, 방귀 소리의 데시벨마저 상세하게 기록해두거든요. 그리고 한번 기록된 행적은 영구히 말소되지 않죠. 자, 그럼 본격적인 심문을 시작해볼까요?"

남자는 타자기에 손을 올려놓았다.

"투수의 볼 배합마저도 컴퓨터로 예측하는 시대에 타자기라니, 이건 도대체 무슨 코스프레죠?"

"잘 아시겠지만, 타자기는 컴퓨터와 달리 백스페이스가 없습니다. 다시 말해 어떠한 진술도 번복되지 않습니다. 오타조차도 말입니다. 이런 장점 때문에 NYPD(뉴욕 경찰) 역시 취조문을 작성할 때만큼은 타자기를 애용하고 있지요. 참고로 저는 여태껏 오타를 내본 적이 없습니다. 그리고 다시 한번 말하지만 질문은 허용되지 않습니다."

타닥타닥 타닥.

남자의 손가락이 오르내릴 때마다 격렬한 타격음이 공중으로 튀어 올랐다. 자음과 모음 하나하나가 눈에 보이는 듯했다.

"야구장을 방문한 목적은 무엇입니까?"

남자가 물었다.

"야구를 하기 위해서죠."

자칭 야구광인 어머니는 당연하다는 듯 대답했다.

"야구를 한다고요? 관람이 아니라요?"

"진정한 야구광이라면 단순히 야구를 관람하러 야구장에 오지 않잖아요. 야구장을 찾아오는 것은 텔레비전 중계를 시청하는 것과는 차원이 다르죠. 관중은 열두번째 선수라는 격언도 있잖아요."

"그건 축구의 격언 같은데요. 함부로 야구광임을 주장하는 것은 야구광 사칭죄가 성립할 수 있으니 주의하세요. 그건 그렇고, 배트와 글러브도 없이 어떻게 야구를 한다는 거죠?"

남자가 비웃었다.

"꼭 배트와 글러브가 있어야만 야구를 할 수 있는 건 아니에요. 선수들의 플레이를 응원하고, 잘못된 판정에 야유하는 것도 야구를 하는 것이죠. 그런 의미에서 야유는 배트와 글러브 대신이라 할 수 있겠네요."

남자의 두 손이 잠시 허공에 머물렀다. 잠시 후 남자의 손가락이 오르내렸다.

타닥타닥 타닥.

"판정에 야유를 보낸다고요? 그런 짓은 후안무치한 훌리건이나 하는 행동이에요. 선량한 시민들은 심판의 판결을 경청하기 위해 야구장에 오는 거예요…… 들리나요?"

"뭐가요?"

어머니가 물었다.

"저기 야구장에서 터져나오는 시민들의 박수 소리가 들리지 않나요?"

어머니는 눈을 감고 귀를 기울였다. 남자의 말대로 박수 소리가 벽을 타고 희미하게 들려왔다. 먼 바다의 파도 소리처럼 아득했다.

"오늘도 명판결이 쏟아지고 있는 게 틀림없군요. 역시 포대인의 야구는 뭐가 달라도 다르다니까요. 지금과 같이 심판의 판정에 박수를 보낼 때를 제외하고 관중은 언제나 정숙해야 하는 법입니다. 엄숙한 법정인 야구장에서 판정에 야유하는 행위는 심판 모독죄로 가차 없이 처벌의 대상이 됩니다."

"야유야말로 가장 고귀한 형태의 응원 아닌가요? 야구 그 자체라고 할 수 있는!"

그 뒤로 두 사람은 꽤 오랫동안 설전을 벌였다.

이따금씩 벽을 타고 넘어온 관중들의 박수 소리가 두 사람 사이로 밀려왔다 빠져나갔다. 남자는 되로 주는 질문에 말로 받아치는 어머니가 제발 묵비권을 행사해주었으면 했다. 격렬한 타격전을 치른 것마냥 양쪽 겨드랑이가 땀으로 젖었다. 남자는 오타를 열두 개나 기록했다.

"이쯤에서 취조를 마치겠습니다. 이분을 정중하게 모셔드리게!"

남자의 명령에 프로레슬러처럼 덩치가 큰 두 여자는 어머니를 야구장 밖까지 에스코트해주었다. 그들은 어머니의 입장권을 빼앗았다. 금액은 환불해주지 않았다.

야구장 밖으로 추방된 어머니는 혼자가 아님을 깨달았다. 어머니를 포함한 1,273명의 강제 추방된 입장객들이 야구장 근처를 서성이고 있었다. 야구의 성 밖에서 우글거리는 비참한 족속들.

어머니의 입장권을 확인한 남자는 그 옆자리에 앉은 관중을 공범으로 지목하고는 프로레슬러처럼 덩치가 큰 두 여자에게 퇴장시킬 것을 명령했다. 1,273명의 추방자 가운데 아버지가 포함되지 않은 건 순전히 우연이었다. 아버지는 어머니의 자리에서 네 칸 떨어진 좌석에 앉아 있어 위험을 모면할 수 있었다.

그 대신 엉뚱한 야구팬 한 명이 영문도 모른 채 야구장에서 추방되었다. 그 야구팬은 불법적인 존재가 되어 그 뒤로 두 번 다시 야구장 출입을 하지 못했다.

피 한 방울의 법칙

'피 한 방울의 법칙'에 대해 들어본 적 있는가?

1983년 미국 남부의 루이지애나에 살고 있던 수지 길로이 팝스 여사는 어느 한가로운 일요일, 야구광인 남편에게 이끌려 난생처음 야구 구경을 갔다. 그러나 그녀는 훌리건으로 판정되어 야구장 출입이 불허되었다. 교통 딱지 한 번 받은 적 없을 정도로 자타가 공인하는 모범 시민이었던 그녀는 명예 회복을 위해 야구 법원에 제소했다. 그러나 패소했다. 패소 원인은 간단했다. 그녀의 몸에는 백 년 전 야구장 담벼락에 노상 방뇨를 한 어느 훌리건의 피가 흐르고 있었다.

이 이야기의 교훈은 단순명료하다.

만일 당신의 몸에 훌리건의 피가 단 한 방울이라도 흐른다면 당신은 훌리건으로 간주된다는 것이다. 팝스 여사나 나처럼 말이다.

내 혈관에 흐르는 나쁜 피의 영향이었을까? 어렸을 적부터 나는 나이에 비해 지나치게 조숙하단 말을 곧잘 들었다. 또래 아이들이 부모 손을 잡고 야구장을 출입할 무렵, 나는 나만의 좁은 문으로 야구장을 들락거렸다. 야구장 뒤편의 개구멍으로 말이다. 그럼에도 나는 나를 훌리건으로 낳아준 부모님을 원망한 적이 없었다. 아니, 딱 한 번 울고불고 난리를 피운 적이 있긴 하다.

지금 그 이야기를 하겠다.

우리 동네 부모들은 훌리건의 아들인 내가 그들의 귀한 자녀에게 다가갈 수 없도록 접근금지 명령을 내렸다. 크게 놀랄 일은 아니었다. 대문에서 신문 사절, 우유 사절, 잡상인 사절이라는 문구보다 더 크게 적힌 훌리건 사절 문구를 보는 건 흔한 일이었으므로. 그뿐이 아니었다. 버스나 지하철에도 훌리건석은 구석진 곳에 따로 지정되어 있었다. 훌리건과는 겸상조차 하려하지 않았다.

훌리건은 숨만 쉬어도 범죄자 취급을 받았다. 나쁜 일이 일어나면 무조건 훌리건 탓이었다. 숙제를 안해도, 성적이 떨어져도 부모들은 그들의 귀한 자녀를 책망하지 않았다.

"그건 네 잘못이 아니란다. 전부 상종 못할 훌리건 탓이란다."

아파트 값이 하락했을 때도 부동산 전문가들은 원인을 다음과 같이 분석했다.

"훌리건 때문에 아파트 가격이 폭락하고 있습니다."

의사들은 아예 훌리건을 병균 취급했다.

"훌리건이 우리의 건강을 위협하고 있습니다. 훌리건은 호환마마보다도 무서운 질병이랍니다. 아니, 암적인 존재죠."

이러한 역경 속에서도 첫사랑은 찾아왔다.

누군가를 위해 내 엉덩이로 벤치를 따뜻하게 달구어주고 싶은 감정이 처음으로 생겼다는 말이다. 초등학교 4학년 여름방학 때 나는 이웃 동네에 사는 여자아이와 데이트를 하게 되었다. 내 인생의 첫번째 데이트였다.

나는 지금도 이따금 궁금해한다.

그 소녀는 내 혈관에 흐르는 불온한 피에 대해 알고 있었을까?

내 친구 태일이는, 그녀는 내가 훌리건이란 사실을 알고 있을 뿐 아니라 오히려 그 때문에 나에게 매력을 느낀 것이라고 말했다. 태일이는 나와 같은 훌리건의 종자였다. 이름에서부터 훌리건 티가 좔좔 흐르지 않는가!

여자들은 불온한 존재에 강하게 이끌린다는 게 그의 이론이었다. 지금 와서 돌이켜보니 그의 희망사항이었는지도 모르겠다. 내가 그의 의견에 동의했는지 그렇지 않았는지는 생각나지 않는다. 그러나 그 소녀의 무엇에 그토록 매료되었는지는 아직도 또렷하게 기억한다.

나를 매혹시킨 것은 그 아이의 입술과 그 옆에 난 작은 점이었다. 그 소녀에 대한 기억이 흐릿해진 지금도 그녀의 입술과 작은 점만은 생생하게 떠오른다. 그 입술은 잘 길들여진 글러브를 연상시켰다. 입술 오른쪽의 작은 점은 글러브가 닿지 않는 곳으로 날아가는 야구공처럼 보였다. 그 글러브와 공을 볼 때마다 나는 손을 뻗어 만지고 싶은 욕망을 억누르느라 얼마나 큰 곤혹을 치렀던가.

데이트 전날 밤, 마음이 설레 좀처럼 잠을 이루지 못했다. 이불을 얼굴까지 덮고는 즐거운 상상에 잠겼다. 잘 길들여진 그 아이의 글러브는 얼마나 부드러울까. 어두운 아치 아래가 그토록 아득하고 평화로운 세상이란 걸 처음 깨달았다.

"야구 좋아해?"

그 아이의 글러브가 수줍게 움직였다.

"……"

나는 아무 대답도 하지 않았다.

"남자아이랑 데이트하게 되면 꼭 가보고 싶었는데…… 저기…… 야구장에 같이 갈래?"

그 아이의 말에 약속 시간보다 한 시간 일찍 나와 공원 벤치를 달구고 있던 내 엉덩이는 순식간에 싸늘해졌다.

야구장에 함께 간다는 것은 두 사람이 연인임을 공식적으로 인정받고 축복받는 길이다. 커플석에 나란히 앉아서 같은 팀을 응원하는 것보다 짜릿한 데이트 코스는 세상에 없다.

뭐라고? 영화 구경? 영화관에서의 키스? 이런 말을 하는 당신은 야구장 데이트를 해본 적이 없는 애송이임이 분명하다. 어쩌면 나와 같은 훌리건의 자식인지도 모르겠다.

야구장은 관중들을 위해 다채로운 팬서비스를 제공한다. 그중 가장 인기 있는 이벤트는 단연 키, 키스 타임이다. 6회 말 종료 후 감미로운 음악이 흐르는 오 분 동안 커플석에 앉은 연인들에게는 부드러운 입술을 맞댈 수 있는 기회가 제공된다. 대통령 부부도 키스 타임에 동참해 금슬을 과시한 적이 있다. 오만 관중이 들어찬 야구장에서 하는 공개 키스는 어두컴컴한 밀실에서 팝콘 냄새를 맡으며 몰래 하는 키스와는 급이 다르다. 프렌치 키스와 뽀뽀뽀 정도의 격차랄까.

반드시 키스 타임 때문만은 아니지만, 시민들이 데이트 코스로 제일 먼저 떠올리는 장소는 단연 야구장이다. 그러나 나는 이토록 지당한 생각을 하지 못했다. 의도적으로 회피했는지도 모른다.

나는 저주했다. 내가 세상에서 가장 좋아하는 야구를 그 소녀 역시 좋아한다는 사실에 기쁨보다 두려움을 느껴야 한다는 현실을.

"아니, 싫어해."

내 입에서 덜컥 나와버린 한마디 때문에 데이트는 재앙이 되어버렸다. 여자아이는 잠깐 동안 내 얼굴을 쳐다봤다. 너무 긴장한 탓에 실투를 던진 것은 아닌가, 하는 표정으로. 잠시 후 그녀는 울음을 터트렸다. 얼굴에 야구공을 맞기라도 한 것처럼.

출신 성분 때문에 나는 야구장을 출입할 수 없는 처지였다. 물론 방법이 전혀 없는 건 아니었다. 무장공비처럼 개구멍을 통과할 수 있었다.

그랬다면 어땠을까? 그 아이는 나의 좁은 문을 좋아해주었을까? 유서 깊은 훌리건의 자식인 태일이는 무료입장이라고 사족을 못 썼겠지만.

나는 그 소녀가 입고 있던 분홍색 원피스를 더럽히기보다는 차라리 야구를 싫어하는 나쁜 남자가 되는 편을 선택했다. 나는 내 나쁜 혈통을 고해성사하고 싶지 않았다.

그날, 야구공의 실밥과 같은 촘촘한 상처가 내 마음에 아로새겨졌다. 면도날에 베인 것처럼 단순명료한 아픔이 전신에 퍼졌다. 실연의 고통을 완화시키기 위해 이온음료를 병나발 불었다.

집에 돌아온 나는 이온음료의 취기를 빌려 난생처음 난리를 피웠다. 내 몸에 흐르는 저주스러운 피를 저주했다. 정확한 기억은 나지 않는다. 이온음료에 취한 훌리건은 술에 젖은 시민보다 볼 만했을 것이다.

한바탕 소동 후, 어머니는 다음과 같은 말로 나를 위로했다.

"야구장 출입을 못하는 게 반드시 부끄러운 일은 아니란다. 지금 같은 시대에는 아무런 제지 없이 야구장에 들어갈 수 있다는 사실을 부끄러워해야 해. 언젠가는 지금 야구장에 들어갈 수 있는 이들이 고개를 숙이는 시대가 올 거다."

그때는 그러나 그 말이 귀에 들어오지 않았다. 난동을 부리다 지친 나는 눅눅한 이불을 뒤집어쓰고 앓아누운 상태였다.

어두운 아치 밑은 불 꺼진 돔구장처럼 넓고 적막했다.

훌리건들의 천국

어머니가 취조실로 끌려갔을 즈음 아버지는 무사히 외야석에 도착했다. 준비해온 플래카드는 화장실 쓰레기통에 버린 뒤였다.

오래도록 야구장을 찾은 적이 없어 입장권을 보고 좌석을 찾는 데 시간이 꽤 걸렸다. 야구를 그만둔 뒤로 아버지는 야구장 쪽으로는 오줌도 누지 않았다. 그랬다간 왠지 모를 서글픔에 노란 물줄기가 역류할 것만 같았다.

"전원 기립! 판관 포청천께서 입장하십니다."

외야석에 엉덩이를 채 붙이기도 전에 장내 아나운서의 외침이 울려퍼졌다. 마이크가 지직거리며 삑사리를 냈다. 관중들은 전원 자리에서 일어섰다.

덮개가 없는 가마를 타고 거대한 체구의 포청천이 위풍당당하게 등장했다. 그는 여의주를 문 용이 금실로 수놓아진 검은 법복 차림에 통이 높은 관모를 반듯하게 쓰고 있었다. 관모 밑의 이마에는 날카로운 초승달이 새겨져 있었다.

포청천을 태운 가마는 차려 자세로 서 있는 군중으로 가득 찬 경기장을 한 바퀴 돌기 시작했다. 가마 위에 앉은 포청천은 석상처럼 미동도 하지 않았다. 팔 아래로 늘어진 품이 넉넉한 소매마저도 돌조각처럼 보였다.

야구장을 일주한 가마는 홈플레이트에서 십 미터 뒤쪽에 위치한 이 미터 높이의 심판석 앞에 정차했다. 거구의 무게를 감당하느라 벅찼는지 아홉 명의 가마꾼은 비 오듯 땀을 흘렸다.

가마에서 내린 포청천은 계단을 밟고 올라가 거대한 의자에 몸을 내려놓았다. 책상 위에는 다과와 『야구법전』이 준비되어 있었다.

"착석!"

장내 아나운서가 다시 한번 목소리를 높였다. 이번에도 마이크에서 지직거리는 잡음과 삑사리가 새어나왔다. 아버지는 다른 관중들과 함께 자리에 앉았다.

아버지는 여섯번째 손가락을 내려다봤다. 손끝이 부르르 떨리고 있었다. 경비원에게 체포당해 심판석 앞으로 끌려가면 어쩌지? 자신의 이름과 형벌이 적혀 있을까봐 아버지는 감히 전광판을 쳐다볼 용기도 나지 않았다. 실상 야구를 관람하고픈 마음보다 군중 속에 몸을 숨기고 싶은 마음이 더 컸다. 만원 관중 속이라면 축구장이나 농구장이어도 큰 차이는 없었다. 야구장 내야에서 축구공으로 단독 드리블을 하는 광경이라도 상관없었다. 영화관처럼 얼굴을 식별하기 어려웠다면 더 좋았을 텐데.

오늘의 시구자는 인기 여배우였다. 그녀는 어깨가 드러나는 하얀색 프릴 블라우스와 각선미를 강조하는 검은색 미니스커트 차림이었다. 어깨까지 흘러내리는 탐스러운 갈색 머리카락 위에는 홈팀의 야구모자가 아닌 초승달 마크가 부착된 야구모자가 씌어 있었다.

그녀는 쭈그리고 앉은 포수를 지나 심판석으로 걸어갔다.

포청천에게 야구공을 하사받은 그녀는 황송하다는 듯 절에 가까운 인사를 하고는 등을 보이지 않은 채 마운드로 뒷걸음질했다. 녹색 잔디를 밟는 걸음걸이는 영화제 레드카펫을 디딜 때보다 긴장되어 보였다.

투구판 위에 선 여배우는 포대인에게 다시 한번 고개를 숙인 후 공을 던졌다. 잘빠진 하체를 제대로 사용했다. 예리한 각도의 사이드암이었다.

"스트라이크!"

포청천의 입에서 판결이 흘러나오자 여배우는 펄쩍 뛰었다. 연기 대상을 탄 것보다 기뻐했다.

그날 저녁 「야구가중계」에서 특종 보도된 사실이지만, 포청천 앞에서 던지는 단 한 번의 시구를 위해 그녀는 영화와 드라마, 광고를 비롯한 모든 스케줄을 취소했다고 한다.

그뿐이 아니었다. 그녀는 전직 프로야구 코치진을 동원해 지옥훈련에 돌입했다. 차가운 폭포수를 머리에 맞으며 정신을 수련했고, 수직의 암벽을 맨손으로 기어올랐으며, 무거운 돌멩이를 하루에 천 개씩 던졌다. 굳은살이 잔뜩 잡힌 그녀의 손과 피로 매니큐어를 칠한 손톱은 보는 이에게 숙연한 감동을 선사했다.

이러한 노력과 극기, 투혼의 대가로 발연기 논란에 시달리던 그녀는 일약 국민배우의 반열에 올랐다.

혼이 담긴 연기, 아니 시구에서 비롯된 그녀의 성공 스토리는 립싱크 수준의 무성의한 투구폼으로 공을 내팽개쳐 포청천의 눈 밖에 난 후 몰락의 길을 걸었던 국민가수의 사례와 좋은 비교가 되었다.

"플레이볼!"

시구가 끝나고 포청천이 경기 개시를 선언했다.

아버지의 여섯번째 손가락은 그제야 평정을 되찾았다. 경기가 시작된 이상 불심검문은 없을 거야. 명색이 야구장 경비원들인데, 경기 감상을 방해할 정도로 관람 에티켓에 무지하진 않겠지.

아버지는 눈을 비볐다. 야구장의 잔디가 눈이 시릴 정도로 푸르렀다. 베이스를 기점으로 네 개의 하얀 강이 흐르는 내야를 내려다보자 마음이 차츰 고요해졌다. 외야석에 앉아 턱을 괴고 야구장을 내려다보는 것만으로도 며칠 밤을 지루하지 않게 지새울 수 있을 것 같았다. 드넓은 야구장에 비한다면 세상은 내야 정도에 지나지 않았다.

야구를 그만두고 나서의 생활을, 잃어버린 십이 년을 잠시 떠올렸다. 인생이란 기껏해야 야구의 축소판일 따름이다.

'강남에서 난 용'의 선발투수는 '개천에서 난 용'*의 타자들을 간단히 요리하며 1회 초를 마쳤다. 이구아수 폭포처럼 낙차가 큰 포크볼이 주무기였다. 메뉴는 삼진 아웃, 파울 플라이 아웃, 유격수 땅볼 아웃. 공 열다섯 개 중에서 여덟 개가 스트라이크로 판정되었다.

---

* 프로야구계에서 야권(野圈)으로 분류되던 '개천에서 난 용'은 삼 년 후 돌연 해체된다. 모기업의 자금난, 훌리건 스폰서설, 승부조작설, 연고지 차별설 등 여러 가지 루머만 무성했을 뿐 정확한 내막은 밝혀지지 않았다. 원인이 뭐가 되었든지 간에 호랑이, 거인, 독수리, 비룡, 사자, 곰, 티라노사우루스, 킹콩과 같은 기득권층에 둘러싸인 야구의 생태계에서 생존하는 게 그리 호락호락하지는 않았을 것이다.
지난 십 년간 '미네르바의 올빼미' '뻐꾸기 둥지 위로 날아간 새' '갈매기의 꿈' '아낌없이 주는 나무' '쿵푸 팬더' '아기 사슴 밤비' '아기 공룡 둘리' '못 찾겠다 꾀꼬리'와 같은 약팀들은 약육강식의 법칙이 지배하는 야구의 생태계에서 차례로 도태되었다. 이뿐만 아니라 '비상하는 매'나 '용가리 통뼈'와 같이 시대의 변화에 적응하지 못한 전통의 강호들 역시 승자독식의 제로섬 게임에서 패배하여 순식간에 아웃되었다. 야구의 왕국은 동물의 왕국보다도 가혹하다.

아버지는 자신이 던졌던 마지막 일구를 떠올렸다.

만약 그 공이 스트라이크로 판결받았다면 지금쯤 나도 마운드 위에 서 있을지 몰라. 유명 선수는 아니더라도 퓨처스리그 정도에서는…… 아니, 설령 야구의 녹을 먹는 프로는 못 되었을지언정 사회인 야구나 동네 야구에서 전력투구하고 있었을 텐데. 하다못해 배팅볼 투수라도 되었을 거야. 야구공만 던질 수 있다면 배팅볼 기계로 여생을 보낸다고 해도 20승 투수처럼 행복할 자신이 있는데.

아버지의 손을 떠나 포수 미트로 빨려들어가는 하얀 점은 야구 인생의 마침표였다.

아버지는 맥주가 먹고 싶어졌다. 맥주는 야구장에서 마실 때가 최고다. 야구 경기를 관람하면서 마시는 맥주에 비하면 다른 맥주들은 미지근한 보리차에 불과하다. 그러나 야구장에서는 맥주를 팔지 않았다. 어느 술 취한 훌리건이 판정에 항의하며 그라운드로 맥주 캔을 투척한 사건 이후로 야구장에서는 금주법이 전격 시행되었다.

그 많던 훌리건들은 전부 어디로 갔을까?

야구장에서 사라진 것은 맥주만이 아니었다. 야구장에는 훌리건의 그림자 하나 없었다.

한때 야구장은 훌리건의 요람이었다. 웃통을 벗어던지고 그라운드로 난입하던 아저씨들, 선수들에게 육두문자를 퍼붓는

욕쟁이 할머니들, 맥주 캔 제구력만큼은 웬만한 투수 빰치는 술꾼들(그들은 취권을 구사하는 성룡처럼 알코올을 보충할수록 구위가 강해졌다), 못 박은 나무 배트를 4번 타자보다 빠르게 휘두르던 타격의 달인들…… 훌리건들이 야구장을 빼곡히 채웠던 시절이 있었다.

나는 훌리거니즘(Hooliganism)을 옹호하거나 미화할 의도는 전혀 없다. 인정할 건 모두 인정하겠다.

일부 훌리건들이 집단 난투극을 즐겼던 것은 사실이다. 야구장의 시설물을 파괴하거나 야구장 담벼락을 낙서로 뒤덮는 식의 과격한 반달리즘을 일삼은 것도 부정하지 않겠다. 개를 풀어 야구장을 개판으로 만들었던 사건도 부인하지 않겠다. 그래, 폭죽을 터트려 소방차 다섯 대를 출동시킨 사고에 대해서도 변명하지 않겠다(여기서 분명히 짚고 넘어가야 할 게 하나 있다. 화재를 진압한 것은 소방관들이 아니라 훌리건들이었다. 신고를 받고 출동한 소방차의 소방호스가 무슨 이유에선지 작동하지 않자 훌리건들은 바지 지퍼를 열고 각자의 소방호스를 꺼내 불을 껐다). 무법천지로 날뛰는 몇몇 훌리건들 때문에 야구장이 치외법권 지역이나 다름없었다는 사실마저 기꺼이 인정하겠다.

그러나 야구장의 훌리건들이 축구장의 근본 없는 훌리건들(특히 잉글랜드의 스킨헤드나 독일의 네오나치)과 비슷한 취급을 받는 것만은 받아들일 수 없다. 결단코.

야구장의 훌리건들은 인상만 험악한 축구장의 쌈마이들과는 격이 달랐다. 메이저리그와 마이너리그 정도의 격차가 있다고 보면 될 것이다. 축구 경기를 난동의 구실로 삼는 빡빡머리 꼴통들과 다르게 야구장의 훌리건들은 그릇된 판정을 바로잡겠다는 대의와 명분이 있었다. 그리고 그러한 대의명분을 위해서라면 물불을 가리지 않을 정도로 의협심이 남달랐다.

왕조, 마한, 장룡, 조호라는 전설의 훌리건 4인방에 대해 들어본 적이 있는가? 그들은 승부 조작에 항의하여 오만 관중을 볼모로 인질극을 벌였다. 면도날로 눈썹을 밀어 각오를 다진 4인방은 자신들의 요구가 관철되어 재경기가 이루어질 때까지 해산하지 않을 것임을 선언했다. 이것이 그 유명한 '야구장 서약'이다. 그들은 야구장을 점거한 채 공성전을 벌였다. 본보기로 승부 조작에 관여한 선수와 심판을 거꾸로 매달기도 했다.

훗날 훌리건의 난이라 불리게 되는 야구장 점거 시위는 꼬박 한 시즌 반이나 지속되었다. 항쟁이 격렬해지는 동안에도 매점의 오징어 다리 하나 강탈당하지 않았다. 그보다 놀라운 사실은 관중과 야구선수로 구성된 인질들이 심정적으로 훌리건에게 동조했다는 점이다.

심지어 그들은 훌리건들의 응원가인 「훌리건들의 천국」을 소리 높여 합창하기까지 했다.

경기가 끝나고
선수들이 퇴장하여도
우리는 야구장 주변을 서성거리네
우리는 야구가 끝난 자리를 떠도는 먼지들
우리는 죽어서도 야구장에 묻히고 싶다네
우리들의 천국에
……

훌리건이 지나간 자리에는 풀 한 포기 남지 않는다는 항간의 속설과 반대로 야구장의 잔디는 더욱 짙고 푸르렀다.

역사적인 재경기가 치러지고 나서 '훌리건은 야구선수의 스승이다'라는 말이 유행했다. 야구의 얼굴에 묻은 얼룩 취급을 받는 요즘으로서는 상상할 수 없는 일이지만.

아버지가 추억에 젖어 있는 동안 '강남에서 난 용'의 1회 말 공격이 끝나고 '개천에서 난 용'의 2회 초 공격이 시작되었다.

'개천에서 난 용'의 4번 타자가 외다리 타법으로 몸 쪽 높은 공을 강하게 받아쳤다. 탄피처럼 튀어나간 야구 배트가 바닥에 떨어졌고, 높이높이 솟은 타구는 3루 선상으로 날아갔다. 관중들은 함성을 지르며 올려다봤다. 긴 체공 시간 끝에 공은 폴대 안쪽으로 휘어져 외야석에 떨어졌다.

배트 중심에 맞은 순간 홈런을 직감한 타자는 1루를 향해 천천히 걸어가며 쾌감에 젖은 손바닥을 내려다봤다. 그러나 그는 1루 베이스조차 밟지 못했다.

판관 포청천은 3루심의 수신호를 쳐다보지도 않은 채 파울을 선언했다.

아버지는 벌떡 일어섰다.

야구장의 시선이 아버지에게로 쏠렸다. 장내가 술렁였다. 야구장에서 관중은 함부로 자리를 박차고 일어나선 안 된다. 심판 판정 직후에는 더더욱. 그런 무분별한 행위는 판관모독죄에 해당한다.

아버지는 위기를 자초한 자신의 어리석음을 이해할 수 없었다. 여섯번째 손가락을 잃게 되어도 누굴 탓하겠는가. 홈런을 친 타자도 군소리 없이 원위치로 복귀했다. 볼을 주운 관중도 억울하다는 몸짓 하나 없이 수긍했다. 홈런볼을 간직하는 것과 파울볼을 간직하는 것은 그의 인생에 어마어마한 차이를 만들어놓을 텐데도.

야구가 이 지경이 될 때까지 난 뭘 하고 있었지!

그런 분노를 느낄 짬이 아버지에겐 없었다. 야구를 걱정할 처지가 아니었다. 작두형을 모면하기 위해 필사적으로 궁리해야 했다. 아버지의 팔이 움직였다. 팔이 떨어져나갈 정도로 손뼉을 부딪쳤다.

놀라운 일이 벌어졌다. 관중들이 차례로 기립했다. 곧이어 야구장 가득 박수 소리가 울려퍼졌다.

"자넨 야구를 제대로 볼 줄 아는구먼. 야구를 코로 보는 훌리건과 다르게 예술적 판결을 음미하는 안목이 있단 말이야. 우리 같은 모범시민이라면 모름지기 야구를 관조할 수 있어야지. 야구의 미학을 모르는 훌리건이었다면 홈런이라고 우겼을걸세. 무지몽매한 훌리건들이 시적 허용, 아니 야구적 허용을 알 리가 없지."

아버지에게서 다섯 칸 떨어진 곳에 앉아 있던 중년 남자가 말했다.

반듯한 5대 5 앞가르마에 풍성한 콧수염을 기른 둥근 얼굴의 자칭 모범시민은 포청천의 창조적 판결에 심취해 있었다. 아버지는 그의 칭찬에 왠지 모를 부끄러움을 느꼈다.

2회 말. 2스트라이크 3볼에 만루 상황. '강남에서 난 용'의 5번 타자가 헛스윙을 했으나 포청천이 포볼을 선언했다. 그 바람에 타자는 1루까지 걸어나갔고 주자는 1루씩 진루하여 선취점을 올렸다. 포수의 소인배적인 볼 배합이 화근이었다고 장내 아나운서가 해설했다.

이번에도 아버지는 기립했다. 박수를 쳤다. 관중들도 동참했다. 모범시민은 아버지를 향해 오른쪽 엄지를 치켜들었다. 아버지는 비어 있는 모범시민의 옆자리가 신경쓰였다. 그 자리의 주인인 어머니가 슬슬 걱정되었다.

3회 초 '강남에서 난 용'의 수비 상황. 투수의 손에서 미끄러진 공이 스트라이크존에서 일 미터 가까이 벗어났는데도 스트라이크 판정을 받았다.

아버지는 이번에도 기립박수를 쳤다. 관중들도 동참했다. 모범시민은 양쪽 엄지손가락을 치켜들었다. 어머니의 자리는 여전히 비어 있었다.

3회 말에도 아버지는 벌떡 일어섰다. 아버지는 제구력을 상실한 투수처럼 자신을 주체할 수 없었다.

'개천에서 난 용'의 지명타자가 유니폼 바지의 밑단을 양말 밖으로 드러내는 바람에 복장 규정 위반으로 퇴장당했다. 이 선수는 머지않아 야구 유니폼을 영원히 벗게 된다. 이 판정을 지켜보며 미소를 지었던 중견수도 못생긴 이를 드러내며 웃었다는 이유로 퇴장 명령을 받았다. 다행히 이 선수는 그 뒤로도 선수 생활을 이어갔다. 그 대신 영영 웃음을 잃고 말았다.

이때에는 모범시민이 아버지를 향해 손가락을 치켜들지 못했다. 프로레슬러처럼 덩치가 큰 두 여자에 의해 야구장 밖으로 쫓겨났기 때문이다. 어머니의 공범이란 억울한 누명을 뒤집어쓴 것이다.

퇴장당한 모범시민은 눈물을 글썽이며 아쉬워했다고 한다.

"이토록 작품성 높은 경기를 끝까지 관람할 수 없다니……"

4회 초에는 '개천에서 난 용'의 선두 타자가 깨끗한 우전안타를 쳤으나 1루 베이스를 밟는 동작이 무례하다며 아웃 처리되었다. 이 선수는 그해 유력한 신인왕 후보였으나 플레이가 신인답지 않게 노련하다는 이유로 최종 후보자 명단에서 제외되는 수모를 겪기도 한다. 4회 초의 공격은 3아웃이 아닌 2아웃에서 끝났다.

이때에도 아버지는 기립박수를 쳤고, 관중들은 동참했다.

연이은 기립박수에 고무된 것일까? 포청천의 주·옥·같·은 명판결은 멈출 줄을 몰랐다. 그때마다 아버지가 지휘하는 기립박수가 줄기차게 연주되었다. 벤치에 앉은 코치진과 선수들도 일제히 동참했다.

야구선수도, 감독도, 관중도 모두 선구안을 잃어버린 듯했다. 권위가 일으키는 착시효과는 실로 현란했다. 직구가 커브로, 커브가 직구로 보였다. 시민들은 집단적으로 스트라이크존을 상실한 듯했다.

아무도 판정을 의심하지 않았다.

다음날 스포츠 신문은 한 경기에 이토록 많은 명판결이 쏟아진 것은 기적이라고 경탄했다. 경기의 흐름을 귀신처럼 집어내는 '작두 해설'로 유명한 어느 해설가는 "야구 몰라요"라며 혀를 내두른 뒤 "오직 포대인만 알아요"라고 극찬했다. 이처럼 야구의 진수를 유감없이 드러낸 이날의 경기는 포청천의 혁혁한 업적을 논할 때 빠트릴 수 없는, 야구통들 사이에 두고두고 회자될 명경기가 되었다.

작은 오심은 경기를 망치지만 커다란 오심은 경기를 지배한다. 오심은 포청천의 권위에 타격을 가하기보다는 오히려 강화시키는 듯했다.

아버지의 귀에는 박수 소리가 들리지 않았다. 아버지는 열렬한 박수 속에서 쓸쓸함을 느꼈다. 공을 던지는 투수도, 공을 치는 타자도, 공을 쫓는 야수도, 응원하는 관중도 야구로부터 소외되어 있었다. 와인드업하는 투수의 등도, 타격폼을 잡는 타자의 등도 꼽추의 등처럼 처량해 보였다.

아버지는 뭔가에 홀린 듯했다. 너무 세게 손뼉을 부딪치느라 양손이 새빨간 글러브처럼 부어올랐는데도 멈출 수 없었다.

그날 아버지는 무언가 자신을 들여다보는 듯한 기분을 느꼈다고 했다. 그 무언가의 정체를 파악한 것은 훨씬 뒤의 일이었다. 그날의 일을 내게 얘기해줄 때면 아버지는 어느 야구해설가가 했던 말을 인용하곤 했다.

"우리가 야구를 들여다볼 때 야구 역시 우리를 들여다본단다."

아버지는 야유 소리가 그리웠다.

관중들로 만원인 외야석이 적막하게 느껴졌다. 무관중 운동*

---

* 무관중 운동은 '관중 없이는 야구도 없다'라는 기조 아래 훌리건들이 감행

이 벌어졌을 때보다도 텅 빈 느낌이었다. 한국시리즈 7차전에서 포청천의 정숙 명령을 거부한 대가로 관중들이 집단퇴장 명령을 받은 그날 이후로 야구라는 스포츠에서 야유도 함께 퇴장해버렸다.

훌리건이라면 치를 떠는 아버지였으나 이 순간만큼은 야구장에서 야유를 퍼붓던 그들이 그리웠다.

열혈 투사인 어머니가 있었다면 '야구는 죽었다'는 플래카드를 흔들며 야유했을 것이다. 그물망에 매달린 채 몸을 흔들었을 것이다. 레이디 고다이바*처럼 1루를 돌아 홈까지 누드로 베이

했던 시위 방식 중 하나다. 말 그대로 경기 관람을 보이콧하는 평화 시위라 할 수 있다.
훌리건 주제에 어울리지 않게 무슨 평화 시위냐고? 제발 부탁이다. 모든 훌리건이 시도 때도 없이 눈썹이 휘날릴 정도로 야구 배트를 휘두르는 폭력의 화신이란 고정관념은 버려주길 바란다. 내가 아는 대다수의 훌리건은 존 레논과 같은 평화주의자에다 박애주의자다. 그들은 얼굴로 날아오는 야구공에도 미소로 화답할 정도의 비폭력주의자이기도 하다.
그래, 그건 그렇다 치더라도 무관중 운동과 같은 뜨뜻미지근한 시위가 무슨 소용이 있느냐고? 뭘 모르는 소리! 텅 빈 관람석은 만원 관중의 시위보다도 위력적이었다.

* 레이디 고다이바(Lady Godiva)는 운동권의 전설이다. 11세기경 영국 코번트리의 백성들이 가혹한 세금 징수로 인해 도탄에 빠지자 고다이바 여사는 코번트리의 영주이자 자신의 남편인 레오프릭 3세에게 세금 감면을 호소했다. 그러나 레오프릭 3세는 암탉이 울면 집안이 망한다고 말하며 그녀의 청을 거절했다. 그러자 백성들의 원성을 외면할 수 없었던 고다이바는 실오라기 하나 걸치지 않은 몸으로 백마를 타고 성을 한 바퀴 돌았다. 세계 최초의 누드 시위를 감행한 것이다.

스 러닝을 했을지도 모른다. 현행범으로 체포될지라도 몸을 사리지 않았을 것이다.

아버지는 어머니가 현장에 없는 게 다행이라고 생각했다. 그러면서도 적잖이 아쉬웠다. .

5회 말이 끝나고 운동장을 정비하기 시작하자 아버지는 야구장을 빠져나왔다. 경기 도중 야구장을 나온 것은 관람 에티켓을 중요시하는 아버지로서는 파격적인 행동이었다.

더 이상 야구는 야구가 아니었다. 공놀이만도 못했다.

행여 궁금해할지 모르는 독자를 위해 경기 결과를 간략하게

코번트리 백성들은 고다이바에 대한 존경의 표시로 창문을 굳게 닫은 채 바깥으로 시선을 주지 않았으며(물론 성적 호기심을 주체하지 못한 파렴치한이 있긴 했다. 딱 한 명. 양복 재단사인 톰은 가려진 커튼 틈 사이로 영주 부인의 알몸을 훔쳐보려 했으나 그 순간 천벌을 받아 실명하고 말았다), 그녀의 남편 레오프릭 3세는 백성을 위하는 그녀의 깊은 심성에 탄복하여 그녀의 요청을 받아들였다.

고다이바는 시위계에서 노블레스 오블리주의 여신으로 찬미받지만, 일각에서는 그녀를 중세판 애마부인이라고 비하하기도 한다. 그러나 그건 가당찮은 오해며 악의적인 왜곡이다. 고다이바는 누드화의 모델이 되기는 했으나 자신의 신체를 상업적으로 이용하지 않았다. 그녀의 누드 시위는 여성의 성을 도구화한 것이 아니었다. 그것은 더 높은 이상을 위한 숭고한 희생이었다. 무분별한 노출 행위나 성의 상품화, 성로비, 선정적인 노이즈 마케팅과는 거리가 멀었다.

이처럼 사회적 통념을 뛰어넘는 파격적인 행위로 힘의 논리에 대항하는 것을 '고다이바이즘(Godivaism)'이라고 한다. 그녀의 숭고한 정신을 기리기 위해 코번트리 지역에서는 매년 7월 고다이바 축제가 열린다.

서술하겠다. '개천에서 난 용'은 굿바이 홈런을 치고도 7대 6으로 패배했다. 스코어에서는 이겼으나 경기에서는 졌다.

만약 야구장에 그대로 머물렀다면, 아버지가 오늘의 모범관중상을 수상하는 건 기정사실이었다. 어쩌면 올해의 모범관중상 후보에 올랐을지도 모른다. 운이 좋아 그 상을 수상했다면 시구를 던진 여배우처럼 아버지의 야구 인생에도 서광이 비쳤을 것이다. 야구 홍보대사로 활동할 수도 있었다. 일투삼피, 즉 트리플 플레이나 다름없었을 것이다.

그러나 아버지는 야구장을 박차고 나왔다. 그런 아버지를 기다리고 있는 것은 더없이 가혹한 야구 인생이었다.

경기장을 나온 아버지는 자신이 아는 최고의 훌리건을 찾아 두리번거렸다. 아버지를 향해 손을 세차게 흔드는 어머니가 보였다. 정말 오랫동안 헤어져 있다 상봉하는 느낌이었다.

3부

포 청 천 을 키 운 8 할 은……

"호작두를 대령하라."

잠에서 깨어났을 때 아버지는 낡은 트럭의 짐칸 위에서 덜컹거리고 있었다. 보스턴백을 깔고 앉은 채로 잠깐 졸았을 뿐인데도 악몽은 그 틈을 놓치지 않았다.

"아무래도 조짐이 안 좋아. 이쯤에서 포기하면 안 될까?"

아버지는 트럭에서 뛰어내리고 싶은 유혹을 간신히 억누르며 물었다. 이제 막 지나친 녹색 이정표가 포청천의 도시에 다가왔음을 일러주었다.

"일주일 전 야구장에서 판정을 조롱하던 용기는 대체 어디로 간 거야?"

옆자리에서 검정색 가죽 커버로 된 『야구법전』을 읽고 있던 어머니가 아버지를 향해 얼굴을 돌렸다. 어머니는 멀미에 시달리면서도 여행 내내 손에서 책을 놓지 않았다. 노란색 형광펜으로 삐뚤삐뚤한 밑줄을 긋기까지 했다.

"그런 무모한 퍼포먼스는 운 좋게 한 번은 통했는지 몰라도 두 번은 통하지 않아. 포대인에게는 더더욱……"

야구장에서 느꼈던 열기가 모두 방출된 아버지의 눈에는 현실이 들어차 있었다. 손바닥의 얼얼함은 사라진 지 오래였다.

"꿈에 호, 호랑이가 나왔단 말이야."

"호랑이라고? 그거 혹시 길몽 아닐까?"

어머니가 반색했다.

"호랑이가 아니라 호랑이 작두가 나왔다니까. 호작두 말이야."

"같은 작두라도 개나 소, 돼지, 닭보단 낫잖아. 어딘가 거물 같은 느낌도 풍기고. 용이 승천하는 꿈이었다면 더 좋았을 텐데."

아버지는 호랑이나 용과 같은 동물에 집착하는 어머니가 조금 우스웠다. 트럭 짐칸에서 가축 냄새가 나는 듯했다.

"태몽도 아니고 좋을 게 뭐 있어?"

무시무시한 작두에도 대수롭지 않은 반응을 보이던 어머니는 아버지가 슬쩍 던진 말에 귓불이 붉어졌다.

"형이 던진 공의 공소시효가 오늘까지야. 더 이상 항소를 미룰 수 없어."

어머니는 『야구법전』을 소리 나게 덮으며 말했다.

아버지는 어머니를 설득하여 발길을 돌릴 수 없다는 것을 깨달았다. 이미 투수의 손을 떠난 볼과 같은 처지였다.

뒤쪽으로 멀어져가는 풍경을 바라보며 아버지는 마음속에 향하나를 피워놓았다. 폭우야 쏟아져라!

비 오는 날을 끔찍하게 싫어하는 포청천은 빗방울 하나에도 오늘의 일정을 모두 취소시킬 것이다. 야외 업무뿐 아니라 실내 업무도. 야구 경기를 순연시키는 것에 비한다면 그쯤이야 일도 아닐 것이다. 물론, 어머니가 호락호락하게 우천 연기를 받아들이진 않겠지만.

아버지의 기우제에도 불구하고 기상은 변화의 조짐이 없었다. 하늘은 무심할 정도로 청천했다. 공평무사하게 내리쬐는 햇볕이 길 위의 얼룩을 남김없이 드러냈다. 우천 취소는 고사하고 더블헤더라도 치를 수 있을 정도였다.

야구를 하기에는 더할 나위 없는 최상의 날씨였다.

"이제 곧 도착이야. 정말이지, 최고의 여행이야. 마치 1루, 2루, 3루를 돌아 홈으로 행진하는 주자의 심정이랄까. 여기까지 오는 동안 온갖 종류의 길을 온몸으로 느낄 수 있었어. 직구와 커브, 포크, 싱커, 슬라이더…… 형은 어때?"

어머니가 환호성을 지르며 말했다. 어머니는 야구공 위에 올라탄 것처럼 짜릿한 기분이었다. 야구 관람에 경비를 소진한 탓에 여러 차례 차편을 얻어타는 수고를 무릅써야 했지만, 그마저도 즐거웠다.

"이번 여행은 치명적인 실투야."

아버지가 퉁명스럽게 내뱉었다. 아버지는 3루, 2루, 1루를 역주행한 뒤 작두를 향해 손을 앞으로 쭉 뻗은 채로 헤드 퍼스트 슬라이딩을 하는 것처럼 무모한 기분이었다.

열두 번의 히치하이킹 끝에 두 사람은 목적지에 도달했다.

포청천의 도시까지 무전여행하는 동안 부모님은 길 위에서 열다섯 명의 훌리건을 만났다. 그들 각자는 얼굴을 잠깐 비추는 것만으로도 내 이야기를 빛내줄 초특급 카메오들이었다.

그들의 파란만장한 인생 역정을 당신에게 들려주고 싶은 마음이 굴뚝같다. 그러나 야구의 소수자인 훌리건이란 처지로 인해 그들 대부분은 신상 공개를 극히 꺼렸다. 이런 사정으로 그들 모두의 이야기를 당신에게 해줄 수 없다는 점, 널리 양해 바란다.

그렇다고 너무 안타까워하지는 마시라. 그들 중에는 자신의 이야기를 반드시 세간에 알려달라고 간청한 이도 있었다. 그것도 둘이나. 그들은 부부 훌리건이었다. 나는 그들 부부의 간절한 소원을 들어주려 한다.

부모님이 훌리건 부부를 만난 곳은 슬라이더처럼 부드럽게 휘어지는 길 위에서였다. 길을 잘못 들어섰는지 지나가는 차 한 대 보이지 않았다. 교통표지판도 눈에 띄지 않았다. 온종일 걸은 탓에 발끝에 조금만 힘을 주어도 캔버스화 밖으로 발가락이 튀어나올 태세였다.

만약 그때 터질 듯한 굉음을 내며 새빨간 경운기가 출현하지 않았더라면 두 사람의 여행은 거기까지였을지도 모른다.

어머니와 아버지는 도로를 향해 엄지손가락을 치켜들었다.

저 멀리서 경운기가 털털거리며 다가왔다. 큰 턱이 뾰족 튀어나온 남자가 운전대를 잡고 있었고, 주근깨가 잘 어울리는 빨강머리 여자가 개조한 조수석에 탑승해 있었다.

"꾸물거리지 말고 뒤칸에 올라타게나."

"어서 올라타세요. 한번 멈추면 시동을 걸기 어려워요. 어서!"

남자와 여자가 동시에 소리쳤다.

아버지가 몸을 날려 뒤칸에 올라탄 후 어머니의 승차를 도왔다. 두 사람은 운전석 쪽으로 등을 기대고 다리를 쭉 뻗었다.

경운기는 생각했던 것보다도 속도가 느렸다. 내야에 굴러가는 번트 타구보다도 천천히 나아갔다. 걷는 게 빠를 성싶었지만 다른 차편이 나타날 때까지 신세를 지기로 했다. 적어도 발은 쉴 수 있을 테니까.

"우리는 고귀한 훌리건일세."

남자가 말했다.

"훌리건이라고요?"

어머니와 아버지가 운전석 쪽으로 고개를 돌리며 동시에 물었다. 엔진 소리 때문에 남자의 말을 잘못 들었나 싶었다.

"그냥 훌리건이 아니라, 고귀한 훌리건이라니까."

첫 만남에서 자신을 훌리건, 아니 고귀한 훌리건이라고 서슴없이 소개할 정도로 그들은 스스로의 정체성에 크나큰 자부심을 가지고 있었다.

그들은 경운기를 끌고 전국 방방곡곡을 떠돌아다니는 중이었다. 그들이 자동차나 오토바이가 아닌 경운기를 몰고 다니는 데는 가슴 아픈 사연이 있었다. 도로교통법상 훌리건은 운전면허를 발급받을 수 없었다. 스쿠터 면허시험에 응시할 자격조차 박탈당했다.

"그래서 경운기를 개조해 타고 다니게 됐지. 2기통 경운기라니, 훌리건 체면이 말이 아니구먼. 그래도 시동 거는 것만 손에 익으면 딱히 자가용보다 못할 것도 없어. 경운기는 농기구로 분류돼서 면허증이 필요 없는데다 과속을 해도 범칙금이 부과되지 않거든."

남자가 말했다.

"과속이라고요?"

어머니가 느릿느릿 기어가는 풍경을 바라보며 물었다.

"그래. 여태껏 과속 딱지를 받은 적이 한 번도 없어. 또 다른 장점으론…… 그래, 무엇보다 경유를 사용하는데다 연비가 높아 요즘과 같은 고유가 시대에는 최고의 선택이라 할 만하지. 그리고 놀라지 말게. 사실, 이 경운기는 단순한 농기구나 교통수단이 아니야."

"그럼요?"

아버지가 물었다.

"선전용 가두차량."

남자는 물어봐주길 기다렸다는 듯 즉각 대답했다.

"국산 농산물을 선전하는 건가요?"

아버지가 경운기에 꽂혀 있는 형광색 깃발들을 보며 물었다. 초록색 사각 깃발에는 붉은 글씨로 '신토불이'라고 크게 적혀 있었다.

"바보 같은 소리. 그건 위장일 뿐이야. 눈을 크게 뜨고 귀퉁이를 자세히 봐."

아버지는 펄럭이는 깃발을 잡고는 귀퉁이를 살펴봤다. 거기에는 개미 크기 정도 되는 글자가 적혀 있었다.

"훌리건 해방 전선."

글자를 읽어내지 못하고 머뭇거리는 아버지 대신 남자가 큰 목소리로 말했다.

"글자가 너무 작아서 보이지도 않는데……"

아버지가 중얼거렸다.

"멍청하긴. 중요한 건 사이즈가 아니야. 중요한 건……"

"메시지야."

어머니가 대신 말했다.

"그래, 바로 그거야. 처자는 뭘 좀 아는구먼."

남자는 자신이 창설한 훌리건 해방 전선에 대해서 간략하게 소개했다. 비밀결사 조직인 훌리건 해방 전선의 단원은 단 두 명, 그들 부부가 전부였다. 조직의 리더인 그의 주장에 의하면 어중이떠중이를 받아들이다 보면 조직의 기강이 해이해지기 때문에 일당백, 아니 일당천의 소수 정예를 지향한다고 했다.

그들은 억압받는 훌리건들의 해방을 도모하고 훌리거니즘을 선전하고 전파하기 위해 경운기, 아니 선전용 가두차량을 끌고 전국을 누비는 중이었다.

"그런데 두 사람은 어디까지 가는 거예요? 평범한 여행객 같아 뵈진 않는데……"

훌리건 해방 전선의 유이한 조직원인 여자가 물었다.

"저희는……"

바람에 펄럭이는 깃발 아래에서 어머니는 두 사람의 여행에 대해 얘기하기 시작했다. 아버지가 옆에서 말렸지만 어머니는 멈추지 않았다.

"포청천에게 항소를?!"

고귀한 훌리건 부부는 동시에 놀랐다.

"소용없을 거예요. 개봉부는 항소가 받아들여지는 곳이 아니라 폐기되는 곳이라서…… 제 경우에도 그랬고요."

여자가 쓸쓸한 목소리로 말했다.

여자는 타이거즈의 치어리더였다. 그러나 퇴직금도 받지 못한 채 퇴출당했다고 했다.

"난 아무 잘못도 하지 않았어요. 평상시처럼 응원 구호에 맞춰 내 잘빠진 다리를 높이 치켜들었을 뿐이에요. 그 순간 하얀색 팬티가 살짝 드러나긴 했지만 그건 여느 때와 같은 팬서비스였죠. 팬티에 새겨진 초승달만 아니었으면 유야무야 넘어갈 해프닝에 불과했어요. 그러나 저는 개봉부의 상징을 모독했다는 이유로 기소당했어요. 결국 음란죄를 판결받았죠. 징역 이 년, 집행유예 삼 년, 보호관찰 일 년, 사회봉사활동 백이십 시간. 그렇게 훌리건이 되었어요. 뒤늦게 팬티에 그려진 문양이 초승달이 아니라 그믐달이란 걸 발견하고는 항소를 했죠. 깨끗하게 세탁한 팬티를 증거물로 제출했어요. 그러나 개봉부는 항소를 가차 없이 기각시켰어요."

그녀는 잠시 말을 멈추었다가 이었다.

"그래도 덕분에 『야구일보』 일면에 실리는 유명인이 됐어요. 태어나서 처음으로 팬레터란 것도 받아봤어요."

"당신은 여전히 현역이나 다름없어. 훌리건들의 치어리더 말이야."

남자는 여자를 치켜세웠다.

"나는 인기 구단 타이거즈에 소속된 인기 절정의 마스코트였어."

남자 역시 여자와 비슷한 시기에 정리해고를 당했다. 생리현상을 조절하지 못한 게 화근이었다. 대담하게도 그는 판관 포청천이 판결을 내리는 준엄한 순간에 엉덩이로 부부젤라를 연주했다. 정치적 의도를 갖지 않은 순수한 생리현상이었다는 그의 해명은 무시당했다. 그는 판관모독죄를 언도받았고, 그 뒤로 두 번 다시 호랑이 인형옷을 입지 못하게 되었다.

"어렸을 적부터 야구팀의 마스코트가 되는 게 내 꿈이었지. 그런데 그 사건으로 인해 졸지에 훌리건들의 마스코트로 전향하게 됐어. 처음엔 받아들이기 힘들었으나 지금은 외려 행복하다네. 부부젤라를 마음껏 연주할 수 있으니까. 이 모든 게 그 잘난 포청천 덕택이지."

그는 과거를 추억하며 엉덩이로 부부젤라를 연주했다. 그 소음과 냄새의 배합은 정말이지…… 경운기에 지붕이 없는 게 천만다행이었다.

"그래도 포청천의 공헌을 등한시할 수만은 없어. 야구의 위상을 드높인 것은 부인할 수 없는 사실이니까. 예전에는 정규방송이 시작되는 다섯시면 야구 경기가 중단되곤 했었어. 상상이 가나? 9회 말 2아웃 만루 1점 차 상황에서 야구 중계가 중단된다는 게. 그것도 화면조정 시간을 위해서? 하지만 지금은 드라마도, 뉴스도, 예능도 야구 중계에 밀려나게 됐지. 덕분에 야구를 실컷 감상할 수 있어. 포청천이 아니었더라면 대한민국은 야구 공화국이 되지 못했을 거야."

훌리건들의 마스코트가 계속 말했다.

"때는 바야흐로 훌리건들이 창궐하던 야구 대공황 시절이었어. 당시에는 소신 있는 심판은 눈 씻고 찾아봐도 뵈지 않았어. 다들 훌리건들 눈치를 살피느라 여념이 없었지. 그야말로 야구계가 무법천지에 막장 드라마였다고 할까나. 일부 훌리건들의 만행으로 인해 그 시절의 야구 기사는 스포츠면보다는 사회면을 장식하는 일이 더 많았지. 그런 암흑의 시대에 짜안, 하고 구원투수처럼 등장한 이가 있었으니, 그가 바로 포청천이었어.

이마에 초승달 모양의 흉터를 가진 포증이라는 이름의 신출내기 심판은 「나는 심판이다」라는 오디션 프로그램에 출연해서 소신 있는 발언을 내놓았지. 마치 나'만' 심판이다, 라고 자신하는 듯 혈기가 왕성했어. 야구선수 출신이란 것을 제외하고는 그의 이전 행적에 대해서는 알려진 바가 거의 없었지.

그는 그 누구의 눈치도 보지 않았어. 사사로운 정에 이끌리지 않는 철면 심판이었지. 토론 중에 난처한 질문을 받아도 눈곱만큼도 당황하지 않았어. 그는 늘 이렇게 대꾸하곤 했지.

'잠시만 기다리세요. 제 자신에게 물어보고 나서 답변해드리겠습니다.'

그는 훌리건과의 전쟁을 공약으로 내걸었어. 신변의 위협을 무릅쓰고 훌리건에 대항한 그의 용기는 야구팬들로부터 격렬한 호응을 얻었어. 결국 돔구장 건설을 공약으로 내건 원로심판을 물리치고 국민심판으로 선정되었지. 그야말로 준비된 국민심판이었어."

은빛 스포츠카 한 대가 옆을 지나가는 바람에 훌리건들의 마스코트는 잠시 말을 멈추었다. 경운기는 어느새 고속도로 한복판에 진입해 있었다.

"그다음부턴 누구나 아는 내용이야. 그는 자신의 공약을 실천했어. 훌리건을 공공의 적으로 선포하고 차례로 기소했어. 그 과정에서 그는 훌리건에 대한 대중들의 공포심리를 십분 이용했어. 돌이켜보니 그게 바로 반훌리건주의의 태동이었던 셈이군. 그렇게 포청천은 야구계의 가장 큰 난제라 할 수 있는 훌리건을 일거에 제압했어. 빗자루로 먼지를 쓸듯 깨끗이 청소했지. 뭐 때문에 훌리건을 그토록 증오했는지는 여전히 오리무중이지만…… 포청천을 키운 8할은 훌리건이라 할 수 있겠군.

판관이 아니라 심판일 때까지만 해도 포청천은 야구계의 희망이었어. 그는 야구 무서운 줄 모르는 훌리건들에게 엄벌을 내렸지. 그때까지만 해도 모두들 그의 대쪽 같은 판결에 환호했어.

너도 나도 야구의 봄이 왔다며 김칫국을 마셨지.

문제는 훌리건과의 전쟁에서 승리하고 난 뒤였어. 판관으로 등극한 그는 갑자기 편집증적인 겁쟁이가 되고 말았어."

"겁쟁이라고요? 포대인이 두려워하는 것도 있나요?"

아버지가 물었다.

"포청천도 사람인데 약점이 왜 없겠나?"

"그게 뭔데요?"

"아리랑 볼."

"네?"

"농담이야. 그가 진정 두려워하는 건 우리 훌리건들이야. 훌리건에 대한 편집증적인 핍박과 박해는 두려움에 대한 반증일 뿐이지. 세상에, 그는 치어리더의 빤스 무늬나 마스코트의 방귀 소리마저 두려워할 정도로 신경쇠약에 걸렸어."

"신경쇠약이라고요?"

아버지가 물었다.

"그뿐만이 아니야. 들리는 소문에 의하면 비 오는 날 포청천이 경기를 취소하는 이유도 실은 우울증이 심해서란 말이 있어. 공손 선생이 정신과 주치의를 겸한다는 소문까지 항간에 떠돌고 있지. 훌리건들이 그를 두려워하는 것 이상으로 그는 훌리건들을 두려워하고 있단 말이야. 절대권력이 노이로제에 걸린 셈이지.

훌리건인 내 입으로 말하긴 뭣하지만, 야구 대공황 시절 난 그 누구보다도 열성적인 포청천 지지자였어. 그를 처음 본 순간 내 큰 입이 떡 벌어졌지. 나는 야구의 미래를 봤다고 호언장담했어. 참말이지, 이마에 새겨진 초승달 표식은 그를 신성한 존재처럼 보이게 하는 데 일조했어.

그런 내가 훌리건이 되어 대공황 시절을 그리워하는 날이 올 줄이야. 지금은 잃어버린 시대나 마찬가지야. 야구를 잃어버린 불행한 시대 말이야. 요즘에는 돌직구를 던지던 정통파 투수조차 포청천의 눈에 드는 투구를 하기 위해 기교파 투수로 전락하고 말았어. 순정파 투수는 씨가 마른 지 오래야. 포청천을 심판할 누군가가 필요해. 심판을 심판해야 하는 시대가 도래한 거야."

말을 마친 훌리건들의 마스코트는 엉덩이로 부부젤라를 연주했다. 그 소리에서는 지독한 서글픔이 묻어났다.

포 청 천 의 도 시

포청천의 도시는 아버지와 어머니를 거친 타격음으로 환영했다. 망치처럼 머리가 무거운 연장이 쇠붙이를 때리는 듯한 둔탁한 굉음이 도처에 진동했다.

야구장과 야구박물관, 명예의 전당, 심판대학과 같은 야구 관련 시설들이 들어선 이래 그 일대에는 초고층 주상복합아파트, 최고급 쇼핑몰, 최첨단 놀이공원, 초대형 녹지공원, 최신식 편의시설들이 기지개를 켰다.

불과 몇 해 전만 해도 당구장이나 탁구장이 중국집이나 만화방과 더불어 낡은 건물에 동거하고 있던 소도시라고는 상상하기 힘들 정도였다.

정상적인 귀에는 거슬릴 수밖에 없는 공사장의 거친 타격음에 인상을 찌푸리는 이는 없었다. 야구인들의 오랜 숙원인 야구 신도시가 완성되어가는 소리라면 배트 중심에 정확하게 맞은 야구공의 청량한 음향보다도 아름답게 들려야 마땅한 법이므로.

그 명칭이 암시하듯 포청천의 도시는 포청천이 업무를 보는 개봉부가 위치한 곳으로 야구인의 발길이 끊이지 않는 명실상부한 야구의 메카다. 그러나 모든 성지가 그러하듯 그 시작은 미약했다.

약관의 포청천이 개봉부에 막 부임했을 때만 해도 도시는 프로야구팀 하나 없는 야구의 변방에 불과했다. 낮고 좁고 지저분한 홈플레이트 모양을 한 주택들이 힘없이 어깨를 늘어뜨리고 있었다. 야구 인프라라고 해봐야 지금은 철거된 시민 야구장 하나가 다였다. 그 야구장마저 초중고 야구팀이 삼교대로 나눠 써야 했다. 준엄한 사법기관인 개봉부는 고작 면사무소 정도 크기였고, 거기에는 포청천의 커다란 체구를 감당할 의자조차 마련되어 있지 않았다. 그러나 그의 몸집과 명성이 야구보다 비대해져가고 있던 어느 날 한 야구광이 야구의 여신으로부터 계시를 받게 된다. 그리고 도시의 운명은 뒤바뀐다.

성공한 부동산 개발업자 김모씨는 포청천이 주관하는 천번째 경기를 관람하러 갔다. 독실한 야구광이자 포청천의 열렬한 추종자인 그는 외야 이만 석을 싸그리 구입했다.

그는 포청천의 사인볼을 소장하고 싶어했다. 이미 경매를 통해 여섯 개의 사인볼을 수집했으나 그걸로는 성에 차지 않았다. 자신의 글러브로 손수 잡은 홈런볼에다 포청천의 사인을 받는 게 그의 꿈이었다.

포청천의 기념비적인 천번째 야구 경기는 순간시청률 82.1퍼센트를 기록했다. 아버지도 길을 걸어가던 도중 대형 전자제품 매장의 진열장에 전시된 텔레비전으로 그 경기를 시청했다.

텔레비전 화면 속에서 중년의 대머리 남자가 자신이 전세 낸 외야 이만 석을 이리저리 분주하게 오갔다. 한 손엔 글러브를 끼고 있었고, 다른 손엔 녹색 망이 장대 끝에 달린 잠자리채를 들고 있었다.

어찌 된 영문이었을까? 그날따라 외야로 공이 날아오지 않았다. 펜스 끝에 맞은 야구공도 그라운드로 떨어졌다. 홈런성 타구도 바람에 밀려 평범한 플라이 아웃으로 그쳤다.

그렇게 애를 태우던 중 마침내 큼지막한 타구가 외야 펜스를 넘어왔다. 그는 이산가족을 상봉하듯 두 손을 펼쳤다. 드디어 공을 받았다. 자신의 넓은 이마로.

이마에 야구공 무늬가 새겨질 정도의 강렬한 체험 속에서 그는 야구의 여신으로부터 계시를 받았다. 야신을 내림받았다는 박수무당의 이야기보다도 황당무계하지 않은가? 그러나 진짜 황당무계한 이야기는 이제부터다.

그는 이마의 키스 마크가 지워지기도 전에 계시를 실행에 옮

기기로 작심했다. 그는 포청천을 위한 도시를 건설하기 시작했다. 야구의 부름에 응답한 것이다.

야구 신도시 개발의 첫 삽을 뜨기도 전에 재개발에 항의하는 주민이 속출했다. 강철 헬멧을 비롯한 포수 보호구와 알루미늄 '빠따'로 완전무장한 용역 업체 직원들이 전격 투입되었다. 전직 야구선수들로 구성된 그들은 밀어치기와 당겨치기를 자유자재로 구사했다. 그들이 팔을 휘두를 때마다 여기저기서 곡소리가 흘러나왔다. 야구 신도시는 그 시작부터 철저한, 아니 처절한 계획도시였다.

일각에서 부정 배트 사용에 대한 논란이 일었다. 그러자 개봉부가 조속히 개입했다. 판관 포청천은 알루미늄 빠따가 정식 규격에 어긋나지 않으며 스윙 역시 야구 규칙에 위배되지 않는 합법적인 타격폼이라고 판결했다. 논란은 그렇게 종식되었다(논란이 수습되는 과정에서 야구 빠따를 협찬한 야구용품사는 톡톡히 광고효과를 누렸다). 시민들은 학창 시절과 군 시절에 이어 빠따의 공포를 다시 한번 뼈저리게 체험해야만 했다. 축협이나 농협과 달리 개봉부에는 솜방망이 처벌이란 존재하지 않았다.

시민들은 스포츠맨십에 입각하여 판결에 순응했다. 재개발은 탈곡기로 옥수수밭을 밀어내는 것처럼 간단했다. 불도저와 포클레인이 낙후된 주택가를 밀어냈다. 옥수수수염처럼 너저분한 건물들이 사라진 빈자리에 야구 관련 시설물들이 우후죽순으로 들어섰다.

땅값은 천정부지로 상승했다. 주민들은 하나둘씩 고향 마을을 등져야 했다. 그나마 형편이 나은 경우에는 축구장이나 농구장, 배구장이 있는 동네로 전입신고를 했고, 사정이 나쁜 경우에는 탁구장이나 당구장이 있는 건물의 옥탑방이나 반지하로 보금자리를 옮겨야 했다. 졸지에 노숙자로 전락하기도 했다. 보트피플이 되어 태평양을 유랑하는 이도 있었다.

매스컴은 대의를 위한 시민들의 희생을 노아웃 2, 3루 상황에서 요구되는 바람직한 희생번트에 비유했다. 만루 홈런보다 가치 있는 시민들의 희생번트는 야구의 위상을 1루 더 전진시켰다고 극찬했다.

이 시기부터 판관 포청천이 지휘하는 개봉부는 야구 이외의 크고 작은 송사에 모조리 관여하기 시작했다. 야구의 정치화, 사회화가 (정치, 사회의 야구화와 동시에) 본격적으로 추진되었다. 야구의 황금시대를 알리는 서막이 화려하게 펼쳐졌다.

이토록 아름답고 숭고한 희생번트를 끝까지 거부한 훌리건도 물론 있었다.

아마추어 야구선수 출신인 어느 방앗간 주인은 조상 대대로 물려내려온 삶의 터전을 포기할 수 없다며 왜소한 떡방망이를 들고 최후의 발악을 했다. 포청천의 시대는 황금시대가 아닌 도금시대에 불과하며 언젠가 그 도금이 벗겨져 붉게 녹슨 쇠가 드러날 것이라 예언했다. 결사반대 시위 도중 다리에 치명적인 부상을 얻은 그는 야구 배트를 지팡이 삼아 남은 생을 살아야 했다.

훌리건의 말로는 비참했다. 야구공 꿰매는 일로 간신히 생계를 유지하던 그는 어느 추운 겨울날 지하도에서 스포츠 신문을 덮은 채 영원히 잠들었다. 망자에 대해서는 늘 좋은 말만을 하는 전통도 훌리건에게는 해당 사항이 없었다.

그가 마지막으로 덮은 이불이 야구 기사였던 걸 보면 눈을 감는 그 순간까지 야구를 사랑했던 게 틀림없다.

어머니와 아버지는 중심가를 향해 걸어갔다.

길 양쪽에는 주자의 발길이 닿은 적이 없는 크고 청결한 홈플레이트 모양의 고급주택들이 도열해 있었다. 오각형 건물들이 초가을 햇살에 반짝거렸다.

고급주택들 앞에는 저마다 잔디밭이 조성되어 있었다. 그 넓이가 야구장 내야 정도는 되어 보였다. 거리를 가로지르는 동안 아버지는 이상한 느낌을 받았다. 야구 신도시에서는 야구공이 글러브를 파고드는 소리가 들리지 않았다. 온통 스트라이크와 볼을 외치며 판정 포즈를 가다듬는 시민들뿐이었다.

캐치볼의 시대가 있었다. 두 사람이 서 있을 공간만 나도 시민들은 야구공을 주고받는 걸 즐겼다. 야구 배트가 맹위를 떨치던 타고투저의 시대가 있었다. 글러브가 위협적이던 투고타저의 시대가 있었다. 두 시대는 정권이 바뀌듯 오 년 주기로 번갈아 찾아왔다. 온 국민이 야구감독이던 시절이 있었다. 야구 중계를 보며 전술을 비판하는 데 만족하지 못한 시민들은 야구장을 찾아가 직접 훈수를 두기도 했다. 그러나 이제는 선수의 눈부신 활약이나 감독의 기상천외한 작전보다 심판의 준엄한 판정이 높이 평가받는 법치의 시대다.

야구의 수도에서 시민들은 모두 제2의 포청천이 되기를 꿈꾼다.

"지금 어디로 가고 있는 거야?"

주택가를 벗어나 상점가에 이르렀을 때 아버지가 물었다. 어깨에 매달린 보스턴백이 걸음걸이에 맞춰 앞뒤로 출렁였다.

"야구박물관. 거기서 '판관 포청천과의 대화'가 진행 중이야. 이런 찬스를 놓칠 순 없지."

앞서 걸어가던 어머니가 대답했다.

"찬스라니?"

"개봉부가 시민들과 소통하기 위해 마련한 것이 '판관 포청천과의 대화'잖아. 진솔한 대화를 통해 야구계의 시급한 현안을 해결한다는 취지로 말이야. 그러한 취지가 사실인지 어떤지는 모르지만. 형에게는 항소할 절호의 기회야. 공중파 3사에서 생중계하기 때문에 항소를 일방적으로 기각시키지는 못할 거야. 대중들은 형을 지지할 거야. 무사 1, 3루의 찬스나 다름없어."

어머니는 완벽하게 오해하고 있었다. '판관 포청천과의 대화'

는 보통의 대화와는 차원을 달리했다. 포청천은 말을 한다. 시민들은 경청한다. 포청천을 제외하고는 입도 뻥긋 않는다. 이 원칙은 대화 내내 유지된다. 대화가 끝나면 포청천은 다음과 같은 마무리 멘트로 흡족함을 드러낸다. "오늘도 좋은 대화를 나눴군요." 그것이 '판관 포청천과의 대화'다.

아버지는 어머니의 오해를 풀어주려 했으나 이미 늦었다.

저만치에 야구박물관이 나타났다.

아버지의 불안한 마음을 아는지 모르는지 어머니는 계절에 맞지 않게 「5월 그 하루 무덥던 날」*을 콧노래로 흥얼거렸다.

---

* "드디어, 야구장 안으로 소주병이 날아 들어오고 난리다. 숫제 웃옷을 벗어 버린 청년은 114M 외야석에서 구장으로 뛰어내린다." 이렇게 시작하는 황지우의 동명 시에 곡을 붙인 「5월 그 하루 무덥던 날」은 개봉부에 의해 퇴폐적이고 불온하다는 이유로 금지곡으로 지정되었다. 그러나 야구 대공황 시절만 해도 HBS 인기가요에서 장장 52주 동안 1위로 선정된 명곡이다. 「훌리건들의 천국」과 함께 훌리건들의 애창곡으로 꾸준한 사랑을 받아왔다. 내 어머니의 18번이기도 하다.

거부할 수 없는 제안

야구의 보물과 유물이 들어찬 야구박물관은 국립중앙박물관보다도 넓었다. '판관 포청천과의 대화'가 진행 중인 대강당을 향해 가던 도중 어머니가 중얼거렸다.

"야구의 개가 생각보다 많군."

검은 양복을 입은 남자들이 기둥처럼 곳곳에 서 있었다. 손에는 무전기가 쥐어져 있었다.

"형, 내가 사인을 보내면 런 앤 건*이야!"

역대 한국시리즈 우승 트로피들이 전시된 유리관을 지날 때

* 농구 용어인 런 앤 건(Run & Gun)은 '달리고 쏜다'라는 말 그대로 공격 위주의 전술을 의미한다.

어머니가 말했다.

"히트 앤 런*이겠지."

아버지는 어머니의 작전 지시가 무모하게 여겨졌다. 야구선수로서의 직감은 도루가 아닌 도주 타이밍이라고 일러주었다. 그 순간 박물관에 설치된 스피커에서 낯익은 목소리가 흘러나오지 않았다면 밖으로 뛰쳐나갔을지도 모른다.

"야구를 사랑하는 시민 여러분!"

관람객들이 발걸음을 멈추고 스피커를 쳐다봤다. 아버지와 어머니도 목소리를 향해 고개를 돌렸다.

"저는 지금 한국 야구사에서 가장 중요한 대화를 시작하려고 합니다. 고심 끝에 중대 발표를 하기로 결심했습니다."

판관 포청천은 헛기침을 몇 번 하고 나서 격앙된 목소리로 연설을 계속했다.

"저는 그동안 4루에 정체해 있던 야구의 위상을 1루 더 진루시키기로 결정했습니다. 지금 이 순간부터 야구는 5루의 스포츠로 진화하였음을 선포합니다."

박물관은 박수 소리와 환호성으로 가득 찼다.

기쁨과 감동, 감격에 도취한 시민들은 별의별 축하 세레모니

---

* 야구 용어인 히트 앤 런(Hit & Run)은 '치고 달리기'라는 말 그대로 야구의 대표적인 공격 전술 중 하나다.

를 다 펼쳤다. 반지에 입술을 갖다대는 세레모니, 무릎을 꿇고 기도하는 세레모니, 태극기를 휘날리며 질주하는 세레모니(태극기는 언제 준비했지?), 상의 탈의 세레모니, 낯선 남녀끼리 껴안는 포옹의 세레모니(이 중 몇 쌍은 얼마 후 혼인신고를 한다)…… 박물관 안에 전시된 야구 배트도, 야구공도, 글러브도 세레모니에 동참할 분위기였다. 관람 예절에 어긋나는 행위라며 지적하는 이는 없었다.

"5루라니!"

아버지는 주먹을 불끈 쥐었다. 야구의 위상이 5루, 아니 5류로 격하된 느낌이었다.

아버지와 어머니는 가던 길을 마저 걷기 시작했다. 대강당 앞에 다다랐을 때 아버지가 말했다.

"화장실 좀 갔다 올게."

세면대 위에 보스턴백을 올리고 아버지는 손을 씻었다.

탄저균이 묻은 것처럼 강박적으로 두 손을 비볐다. 손 틈으로 비누거품이 뚝뚝 떨어졌다. 비눗기를 헹구고 물기가 채 가시지 않은 손을 거울에 갖다댔다.

얼마 만의 하이파이브, 아니 하이식스인가.

야구부 시절 아버지는 누구보다도 깨끗이 손을 씻었다. 그러나 동료들은 큰일을 보고 나서도 손을 씻지 않던 유격수와는 거리낌없이 손바닥을 부딪치면서도 아버지와는 그러기를 꺼렸다. 여태까지 아버지의 육손과 스스럼없이 손을 맞댄 이는 거울을 제외하고는 어머니뿐이었다.

아버지는 잃어버린 스트라이크를 되찾은 뒤 어머니와 손바닥을 부딪치고 싶은 충동을 느꼈다. 며칠 동안 손이 얼얼할 정도로.

거울에서 몇 발짝 물러선 아버지는 모자를 고쳐 쓰며 심호흡을 했다. 화장실 바닥에 뿌려진 소독약 냄새가 콧속으로 밀려들어왔다. 포수 미트를 노려보듯 거울의 한 점을 응시했다. 아버지는 다리를 높이 쳐들고 힘차게 팔을 뻗었다.

상상의 공이 아버지의 여섯 손가락에 긁혔고, 공의 길을 안내하듯 강렬한 빛줄기가 거울에 꽂혔다. 그 순간 아버지는 물기에 젖은 타일 바닥에 보기 좋게 넘어졌다.

"호쾌한 투구폼이군."

갓 거세당한 신출내기 환관이 처음으로 내뱉은 듯한 신음에 가까운 가냘픈 목소리가 아버지의 몸을 일으켜 세웠다.

열린 화장실 문간에 꽁지머리를 한 날렵한 눈썹의 미남자가 역광을 받으며 서 있었다. 아버지는 하마터면 도로 주저앉을 뻔했다. 타이거즈의 영원한 4번 타자 전조였다.

"좋은 공을 보니 옛 생각이 다 나는군."

아버지에게 다가온 전조가 쉐도우 스윙을 했다. 타격의 신에게 목소리를 판 대가로 얻게 되었다는 절세의 타격폼. 불필요한 힘이 하나도 들어가지 않은 부드러운 스윙. 기승전결에 맞춰 팔이 움직일 때마다 세상에서 가장 상쾌한 바람이 일었다.

선수 시절 아버지의 방에는 요염한 자태의 여배우나 청순 발랄한 아이돌의 브로마이드가 붙어 있지 않았다. 한국 프로야구사에서 유일하게 4할 타율을 기록한 전조가 그 시절 내내 한쪽 벽에서 타격 자세를 취하고 있었다.

한쪽 발을 살짝 들어올리고, 몸을 비튼 채로 야구방망이를 길게 잡은 타격폼을 볼 때마다 아버지는 고대 인도의 수행자들이 취하던 성스러운 자세를 떠올렸다. 전조의 유일한 옥에 티라는 가냘픈 목소리마저 아버지의 귀에는 교리를 설파하는 수도승의 목소리처럼 근엄하게 들렸다.

비록 쉐도우 피칭이었지만 자신의 우상에게 인정받았다는 희열에 아버지는 몸을 가눌 수가 없었다.

"아, 시원하다."

전조는 타격 자세를 거두고 소변기로 걸어가 지퍼를 열었다. 낙하하는 물줄기가 거침없었다.

아버지는 두 눈을 의심했다. 슈퍼스타 전조가 소변기 앞에 서 있다니. 위대한 야구선수들은 화장실에 가지 않는 줄 알았는데. 대변기에 포수처럼 쪼그려 앉아 용변을 보는 여배우의 모습을 봤더라도 이토록 놀라진 않았을 거였다.

그렇다고 환상에 금이 가진 않았다. 배트를 거꾸로 잡고도 3할을 친다는 천하의 전조 아닌가? 그가 서 있는 소변기가 타자박스처럼 준엄하게 느껴졌다.

야구계의 풍운아 전조가 화장실에서 볼일을 본다는 사실보다 믿기지 않는 것은 그가 개봉부 유니폼을 입고 있다는 것이었다. 야구라는 강호를 유유자적하던 전조가 포청천의 수하가 되어 훌리건 소탕에 앞장선다는 풍문을 들은 적은 있었으나 아버지는 믿지 않았다. 이제는 별도리가 없었다.

타이거즈의 푸른 유니폼을 입기 위해 태어난 전조에게 개봉부의 붉은 유니폼은 영 어울리지 않았다. 특히 초승달이 박힌 검은색 관모는.

아버지의 두 발이 저절로 움직이기 시작했다. 소년 시절부터 동경해온 우상에게서 달아나는 이유가 뭐지? 화장실로 뛰어들어가는 사람은 많아도 화장실에서 뛰쳐나오는 사람은 드물다는데……

아버지의 발은 투수의 견제를 피해 도루하는 주자처럼 필사적이었다.

화장실 밖으로 뛰쳐나온 아버지는 안색이 다급했다. 용무가 해결되기는커녕 생겨난 사람 같았다. 오랫동안 숭배해온 우상에게 자신의 투구를 인정받았다는 감격은 전조가 소변기 물을 내리기도 전에 온데간데없이 사라져버렸다.

앞이 안 보일 정도로 야구모자를 깊게 눌러쓴 탓에 아버지는 어머니에게 돌아가던 도중 길을 잃었다. 마주 오는 관람객들과 부딪혔다. 그들은 인상을 쓰며 한마디씩 내뱉었다.

아버지의 좁은 시야로 그들의 입술 모양이 들어왔다. 슬로모션처럼 천천히 움직이는 입술들. 양옆으로 벌어지는 입술은 "개", 앞으로 조금 내민 입술은 "소", 위아래로 크게 벌린 입술은 "말", 휘파람을 불듯 모은 입술은 "호"…… 아버지는 그들의 주름진 입술이 야구팀의 마스코트를 발음하는 줄 알았다. 아니었다. 작두의 이름을 호명한 것이었다.

아버지는 작두에 대한 최초의 두려움을 떠올렸다.

아버지가 작두라는 처벌 도구를 처음 알게 된 건 아버지의 할아버지, 그러니까 내 증조할아버지를 통해서였다.

매월 초 재향군인회에서 보내주던 건빵을 틀니로 잘근잘근 씹으며 야구 중계 보는 낙으로 노년을 보내던 증조할아버지는 텔레비전 앞에서 고함을 지르곤 했다. 생중계가 아니라 녹화방송을 시청할 때에도 현장에서 관람하는 것처럼 열을 냈다.

"거시기를 작두로 잘라버려야 해!"

증조할아버지는 심판의 판정에 항의하는 선수를 목격할 때면 어김없이 작두 타령을 했다. 특정 팀을 응원하지 않았다. 특별히 편애하는 선수도 없었다. 심판의 판결을 응원할 뿐이었다.

"거시기를 작두로 잘라버려야 해!"

증조할아버지의 작두 타령은 야구에만 국한되지 않았다. 대학생들의 시위 소식이나 노동자들의 파업 뉴스를 전해 들을 때에도 마찬가지였다. 이따금 극도의 흥분을 주체 못한 탓에 잘게 분쇄된 건빵 부스러기와 함께 틀니가 튀어나오기도 했다. 탈선한 틀니는 작두처럼 보였다.

증조할아버지의 판결은 초지일관 작두형이었다. 교수형이나 총살, 화형, 가스실, 전기의자 따위는 안중에도 없었다. 증조할아버지가 작두를 애호한 까닭은 그 당시 즐겨 감상하던 중국 드라마, 특히 송나라 시대를 배경으로 한 사극의 영향 때문이었다. 기본이 오십 부작을 넘는 송나라 사극에서는 한 회당 평균 다섯 명 정도의(그러니까 총 이백오십 명 정도의) 죄인이 정의의 칼날인 작두에 처단되었다. 신분 고하를 막론하고 말이다.*

---

* 참고로 이야기하자면 법치의 시대이자 판관의 시대인 송나라 시대에는 각종 법정 용품이 대유행했다.
대표적인 예는 선글라스의 시초라 할 수 있는 색안경이다. 연수정을 이용한 색안경은 판관들에게 근엄함을 부여하는 패션 아이템으로 자리잡았다. 검게 그을린 색안경은 죄인을 심문하는 판관의 표정을 숨겨주었을 뿐만 아니라 죄인에게 공포감을 조성하는 일타이피의 효과를 선사했다. 그러나 부작용 또한 만만치 않았다. 일부 판관들은 색안경을 낀 시선으로 죄인들을 바라본 탓에 객관성을 잃고 공정한 판결을 내리지 못했다.
색안경과 더불어 동물의 형상을 한 그로테스크한 작두 역시 대중의 사랑을 독차지했다. 특히 자식을 둔 학부모들 사이에서 작두는 준법정신을 길러주는 학습 교재로 각광받았다. 송나라 어린이들은 오늘날로 따지면 호돌이, 둘리, 미키마우스와 같은 친근한 만화 캐릭터가 그려진 작두를 가지고 놀았다.

"거시기를 작두로 잘라버려야 해!"

증조할아버지의 작두 타령을 들을 때마다 아버지는 사극에 나오는 대역죄인처럼 혼비백산했다. 당시 아버지가 염려한 거시기는 포경수술도 하지 않은 가운뎃다리가 아니라 유별나게 긴 가운뎃손가락이었다.

작두가 아닌 다른 종류의 처형이었다면 아버지는 극도의 공포감에 사로잡히지 않았을지도 모른다. 목숨은 잃더라도 손가락은 보전할 수 있을 테니까. 극악무도한 작두에 비한다면 안락한 전기의자 위에서 고압 전류를 받아들이며 온몸을 비틀며 춤을 추는 것은 짜릿해 보이기까지 했다.

아이들이 일정한 나이가 차면 거세 공포증을 극복하듯이 아버지도 작두에 대한 두려움을 극복했다. 아니, 극복했다고 착각했다. 때늦은 악몽에 시달리기 전까지는.

아버지는 야구의 보물들과 유물들 사이에서 갈팡질팡했다. 가는 곳마다 포청천의 환영이 앞을 가로막았다. 포청천의 석고상이, 대통령을 비롯한 고위층과 찍은 포청천의 기념사진이, 포청천의 옆얼굴이 새겨진 기념주화가, 포청천이 입었던 심판복이, 포청천이 휘둘렀던 심판봉이. 아버지는 정신없이 달아났다. 우측보행을 지키지 않았다. 수배 중인 범죄자처럼 야구모자를 깊게 눌러쓴 채 허둥대는 남자는 누가 봐도 수상쩍었다.

"잠시 조용한 곳으로 가실까요?"

아버지의 어깨 위로 누군가의 손이 올려졌다. 손가락이 닿는 지점에 볼링공처럼 구멍이 날 것 같았다. 무시무시한 악력이 아버지를 돌려세웠다.

구레나룻이 커튼을 친 것처럼 턱까지 내려온 구릿빛 피부의 남미인이 잘 닦인 16파운드 볼링공처럼 환한 미소를 짓고 있었다. 아버지는 외국인 관람객이 자신을 불러 세운 영문을 알 수 없어 빤히 쳐다봤다.

"당신은 묵비권을 행사할 권리가 없으며, 변호사를 선임할 수 없으며, 지금부터 말하는 모든 발언은 법정에서 불리하게……"

남미인이 안티-미란다 원칙을 고지해주었다. 그제서야 아버지는 페드로 마르티네즈 혹은 호르헤 포사다와 같은 이름이 어울릴 것 같은 남자가 한국어를 지나치게 유창하게 구사한다는 데 생각이 미쳤다. 절대 그럴 리 없다며 부인하려는 찰나 가슴 부근의 명찰이 눈에 들어왔다.

맙소사! 그는, 악명 높은 훌리건 4인방 중 만형 왕조였다.

훌리건들의 전성시대인 야구 대공황 시대에 대해 조금이라도 귀동냥을 한 야구팬이라면 이도류(二刀流)*의 창시자 왕조

* '쌍빠따'라고도 불리는 이도류의 등장은 타격의 역사에서 혁명적인 사건이었다. 두 자루의 야구방망이를 동시에 사용하는 파격적인 타격폼은 유래를 찾아보기 어려울 정도로 선풍적인 인기를 누렸다. 이도류의 전파를 위해 왕

의 이름 두 자 정도는 들어봤을 것이다. 두 손으로 들기도 버거운 야구방망이를 양손에 하나씩 잡고서 그 둘을 자유자재로 휘둘렀던 훌리건계의 4번 타자가 바로 왕조다.

한국인 부모에게서 태어나 한국에서 자란 순수 오리지널 토종 생한국인이면서도 그는 한국에서는 야구를 업으로 삼을 수 없었다. 카리브 해의 햇볕에 구워진 듯한 이국적인 풍모가 단일 민족의 정체성을 훼손시킬 수 있다는 야구계의 우려 때문이었

조가 세운 도장에는 그의 타격술을 전수받고자 몰려든 훌리건들로(그중에는 외팔이 타자도 있었다) 연일 문전성시를 이루었다.
왕조의 문하에서 쌍빠따의 고수들이 대거 배출되는 등 이도류 열풍이 거세지자 이를 질시한 세계무도인협회는 일본 전국시대에 활약한 사무라이인 미야모토 무사시(1584~1645)가 이도류의 창시자라고 주장하며 저작권 침해 소송을 제기했다. 그것이 바로 그 유명한 '무사시 대 왕조 재판'이다. 무려 서른여덟 번의 시식회를 통해 승자가 가려졌던 장충동 왕족발의 원조 논쟁보다도 치열하게 전개된 원조 이도류 재판은 왕조의 승소로 귀결되었다.
개봉부가 내린 판결문의 핵심 내용을 세 문장으로 요약하면 대략 이렇다.
미야모토 무사시의 쌍검술이 연대기적으로 앞선 것은 역사적 사실임이 분명하나 야구사는 시간이 과거에서 현재, 미래로 일방통행한다는 선형적 시간관을 초월한다. 그러한 야구사의 관점에서 검토했을 때, 그리고 야구사가 세계사에 영향을 끼칠 수는 있을지언정 그 역은 성립하지 않는다는 보편적 상식에 입각했을 때, 선대의 무사시가 후대의 왕조에게서 지대한 영향을 받은 것으로 사료된다. 그러하므로 본 재판부는 무사시의 쌍검술을 이도류의 원조로, 왕조의 쌍빠따는 그 원조의 원조로 판결한다.
시간을 거슬러 올라 과거의 무인에게까지 무한한 영감을 제공할 정도로 위대했던 왕조의 이도류는 개봉부 특허청에 정식으로 특허 등록되었다(특허번호 제20-1328512호).

다. 차라리 푸에르토리코나 도미니카 공화국 출신이었다면 외국인 선수 신분으로 국내 프로야구에서 활약할 수 있었을 텐데. 야구선수가 되는 길이 가로막힌 그는 타석 밖에서 타격을 해야 하는 불운한 방외인이었다.

언젠가 그는 현역 홈런왕과 일기토(一騎討)를 벌인 적이 있다. 자기만의 타격폼인 이도류를 수련하며 가슴에 쌓인 울분을 달래던 어느 날, 그해 쉰여덟 개의 홈런을 친 홈런왕과 길거리에서 시비가 붙었다.

관중에 둘러싸인 두 명의 4번 타자는 진검승부를 앞둔 사무라이처럼 날카로운 눈빛을 교환했다. 그해의 홈런왕이 등 뒤에서 히코리나무 배트를 빼어 들고는 타격폼을 취하려 했다. 왕조는 그 순간을 놓치지 않았다. 왕조의 양손에 쥐어진 거무튀튀한 방망이가 포악한 쌍둥이처럼 홈런왕의 양 어깻죽지를 동시에 가격했다. 단말마의 비명소리. 대결은 그렇게 싱겁게 끝나고 말았다.

그해의 홈런왕은 그해를 넘기지 못하고 은퇴 선언을 했다. 공식적인 이유는 어깨 부상이었으나 들리는 소문에 의하면 외상 후스트레스장애로 인해 야구 배트를 잡을 수 없게 되었다고 한다. 이도류의 전설 왕조에게 패배한 이후로 그의 눈에는 야구 배트가 거대한 괴수처럼 보였다고 한다.

그는 정신과 주치의에게 실토했다.

나무 배트의 결이 그렇게 무서운 줄은 생전 몰랐어요.

그해의 홈런왕은 자신을 야구공으로 여기게 되었다. 그의 주치의는 그가 야구공이 아니라는 사실을 납득시키기 위해 도형심리치료, 색채치료, 독서치료, 음악치료, 미술치료, 언어치료, 웃음치료, 눈물치료, 무용치료, 놀이치료, 승마치료, 최면치료, 명상치료, 향수치료, 요리치료, 게임치료, 숨은그림찾기치료를 병행했다. 다행히 효과가 있었다.

그러나 또 다른 문제가 그를 괴롭혔다.

저는 제가 야구공이 아니라는 것을 압니다. 그런데 왕조와 같은 훌리건들은 어떨까요? 그들도 내가 야구공이 아니라는 사실을 알까요?

"전시관 근처에서 수상한 남자를 발견했습니다."

왕조 옆에 서 있는 기골이 장대하고 눈이 째진 남자가 무전기로 보고했다. 아버지는 그의 머리에 군데군데 나 있는 원형탈모증을 보며 절대 그럴 리 없다고 고개를 저었다. 그러나 가슴의 명찰을 확인한 순간 마른하늘에 날벼락을 연달아 맞은 심정이었다.

이번에는 마한이었다.

왕조가 훌리건계의 4번 타자라면 마한은 훌리건계의 에이스였다. 그는 마시던 맥주 캔 하나를 던져 중견수의 뒤통수와 3루수의 이마, 포수의 마스크를 연달아 맞출 수 있는 일투삼피의

컨트롤 아티스트였다. 가끔씩 주량을 넘었을 때에는 심판의 머리를 논스톱으로 겨냥하기도 했다.

로빈 후드나 윌리엄 텔, 아니 김수녕조차도 쨉이 안 될 정도로 귀신같은 제구력을 자랑하는 그가 마운드가 아닌 외야에서 술을 홀짝이며 맥주 캔 따위를 던지는 데는 원형탈모증이 생길 정도로 고통스러운 사연이 있었다.

그는 손에 잡히는 것이라면 맥주 캔, 소주병, 통닭, 오징어, 부메랑, 계란, 심지어 옆에 앉은 관중 할 것 없이 제구가 가능했다. 그러나 딱 하나, 야구공만 잡았다 하면 제구력을 상실하고 말았다. 그래서 그는 야구공을 던지는 위대한 투수가 되는 대신 새우젓 찍은 족발을 투척하는 불한당의 길을 걸을 수밖에 없었다.

영욕의 야구사에서 가장 악명 높은 훌리건 4인방 왕조, 마한, 장룡, 조호 가운데 왕조와 마한이 아버지 앞에 떡하니 버티고 서 있었다.

그런데 이들이 왜 개봉부 유니폼을 입고 있는 거지?

슈퍼스타 전조로부터 달아났을 때처럼 이번에도 아버지의 발은 제멋대로 움직였다. 도주는 혐의를 자진해서 시인하는 셈이었으나 본능적인 움직임을 무슨 수로 제어하겠는가.

몇 걸음 채 내딛기도 전에 맞은편에서 개봉부 유니폼을 입은 두 남자가 아버지를 막아섰다. 이런, 쓰레기차 피하려다 똥차에 치인다더니.

깡마른 몸에 머리가 큰 사내는 훌리건 4인방의 장룡이었고, 땅딸막하고 혈색 좋은 사내는 조호였다.

머리에 맞는 야구모자가 없어서 야구선수가 못 되고 훌리건이 된 장룡은 악명 높은 대두(大頭)이자 대도(大盜)였다. 경공술과 축지법의 달인인 그는 동에 번쩍 서에 번쩍 신출귀몰하며 고가의 사인볼, 슈퍼스타의 손때가 묻은 야구 배트나 글러브, 야구선수들의 체취가 진득하게 밴 유니폼이나 양말, 팬티 따위를 가리지 않고 훔쳤다(그러나 그는 치어리더의 팬티에는 단 한 번도 손댄 적이 없는 의적 중의 의적이었다). 도적질한 장물을 훌리건 장학회에 기부하지 않았더라면 전국 각지에다 야구용품 체인점을 차리고도 남았을 것이다.

야구계의 내로라하는 대도들조차 설설 길 정도로 장룡의 위상은 가히 독보적이었다. 특히 한국시리즈 최종전에서 경공술을 구사하여 역전 스리런 홈런을 낚아챈 뒤 축지법을 이용하여 어리둥절하게 서 있는 주자들을 차례로 태그아웃시킴으로써 승패를 종결지은 일은 그가 아니고서는 흉내조차 내기 힘든 대담한 행동이었다.*

승리를 강탈하는 훌리건계의 대도 장룡에 비하면 고작해야

---

* 훌리건들 중에 이인(異人)과 괴인(怪人)과 기인(奇人)과 도인(道人)이 많다기

베이스를 훔칠 뿐인 야구계의 대도들은 통산 도루가 얼마가 되든 좀도둑에 지나지 않는다.

훌리건 4인방의 막내 조호는 늘 주머니에 손수건을 지니고 다닐 것 같은 용모단정한 신사 중의 신사로 보인다. 입을 열기 전까지는 말이다.

살신성인, 아니 촌철살인의 트래시 토커(trash talker) 조호는 시속 170킬로로 혓바닥을 놀렸다. 그의 속사포 혓바닥은 한계

로서니 장룡이 경공술과 축지법의 대가인지에 대해서는 끊임없는 의문이 제기되어왔다. 대망의 한국시리즈 최종전에서 경공술과 축지법을 펼치는 그의 모습이 전국으로 생중계된 직후에는 진위 여부를 둘러싼 갑론을박이 가열되었다. 야구팬들의 빗발치는 제보에 의해 「그것이 알고 싶다」에서는 대도 장룡의 실체에 대한 특집편을 부랴부랴 방송했다. 방영된 내용을 성대모사와 함께 간략히 소개하겠다(성대모사가 어설퍼도 양해 바란다).
시청자 여러분, 안녕하십니까. 오늘은 야구계의 뜨거운 감자로 부상한 대도 장룡의 경공술과 축지법에 대해 밀착 취재했습니다. 우리는 한국시리즈 결승전 영상이 담긴 테이프를 긴급 입수했습니다. 과연 그 시간 야구장에서는 도대체 무슨 일이 일어났던 것일까요?
과학수사대의 정밀분석 결과는 심히 충격적이었습니다. 카메라에 잡힌 장룡의 경공술은 고작해야 개구리 점프 수준이었습니다. 아울러 손발만 크게 활개칠 뿐 앞으로 거의 나아가지 못하는 제자리걸음은 차마 축지법이라 부르기조차 민망할 정도입니다. 아니, 어떻게 된 걸까요?
진상을 파헤치기 위해 취재부 기자가 장룡에게 옴짝달싹 못하고 태그아웃 당한 희생자 중 한 명인 야구선수, 아니 이제는 전직 야구선수가 된 A씨의 진술을 안 들어볼 수가 없었습니다. 손사래를 치며 인터뷰를 거부하는 A씨. 우리는 A씨를 수차례 만나 설득한 끝에 그의 이야기를 들을 수 있었습니다.
전직 야구선수 A: (음성 변조한 목소리로) 에이, X발. 그 XX 완전 사기꾼이에요. 난데없이 그라운드로 난입한 게 너무 황당하고 어이가 없어서 멈춰

투구수 따윈 몰랐다. 그의 독설은 선수들의 플레이나 심판의 판정보다도 빨랐다. 그의 독설, 아니 독침이 튀지 않은 야구인은 거의 없었다. 선수나 감독, 해설자, 관중, 마스코트, 심판의 얼굴에는 그의 침이 마를 새가 없었다. 예외라면 슈퍼스타 전조와 판관 포청천 정도가 있을 뿐이었다.

그의 뇌를 스캔하면 야구계 X파일이 찍힌다는 말이 나돌 정도로 조호는 야구에 관한 방대한 루머를 자랑하는 입야구의 거

서 있다가 그대로 태그아웃, 아니 테러를 당한 것뿐이라고요. 저는 정말 억울해요. 그 훌리건 XXX 때문에 제가 구조조정당했다니깐요.

이러한 증언처럼 장룡의 축지법과 경공술은 과연 대국민 사기극이었을까요? 그런데 말입니다. 우리는 취재 도중 뜻밖의 이야기를 들을 수 있었습니다. 취재진에게 걸려온 한 통의 제보전화. 어느 훌리건의 반박을 들어보겠습니다.

훌리건 A: (음성 변조가 안 된 생목소리로) 인간의 눈이나 카메라 렌즈가 (경공술이나 축지법을) 포착하는 건 애당초 불가능해요. 우리 타짜끼린(우리 전문가들은) 다 알아요. 사람 눈이나 카메라에 잡히면 그건 완전 핫바리죠. 그게 무슨 기술(경공술이나 축지법)이겠어요. 안 그래요? 선생님이 뭘 모르시나 본데, 장룡이 개구락지처럼 낮게 뛰어오른 건 오염된 공기를 최대한 덜 마시기 위해 스스로 몸을 낮춘 거예요. 요즘 공기가 좀 그렇잖아요. 그리고 축지법이 겁나 느리게 보이는 건 너무 빨라서 생기는 착시효과에요. 구라가 아니에요. 「육백만 불의 사나이」나 「소머즈」 같은 거 보면 걔네들이 축지법 쓸 때 슬로모션처럼 느리게 보이잖아요. 그거랑 똑같은 원리라고 보시면 돼요. 그해 한국시리즈 MVP는 장룡이 받았어야 했다고 저는 생각해요.

이처럼 양측의 주장이 팽팽히 맞서고 있어 논란은 쉽사리 해결될 기미를 보이고 있지 않습니다. 그러던 가운데 뜻밖의 실마리가 발견됩니다.

시청자 여러분도 아시다시피 장룡은 1루 주자와 2루 주자를 차례로 태그아웃시켰습니다. 여기서 우리가 한 가지 짚고 넘어가야 할 점이 있습니다. 녹화된 영상을 보시면 1루 주자를 태그아웃시킬 때까지만 해도 장룡의 입 주

장이었다. 그러나 그는 야구해설가로 등단하는 데 번번이 고배를 마셨다. 욕설과 비속어, 폭언 없이는 제대로 된 문장을 만들지 못했던 그에게 신성한 마이크는 허락되지 않았다.

야구계의 아웃사이더였던 그는 판관 포청천 앞에서 신랄한 자아비판을 한 뒤 합법적인 트래시 토커로 전향한다. 그리고 그는 자신의 이름을 내건 「조호의 오랄 베이스볼」이라는 토크쇼를 진행하게 된다. 이때부터 그는 훌리건 저격수로서 구명(口名)을 떨치게 된다.

촌철살인의 트래시 토커 조호뿐 아니라 4인방의 나머지 멤버

> 변은 매우 깨끗합니다. 그런데 말입니다. 2루 주자를 태그아웃시키는 장룡의 입 주변에는 검은 얼룩이 묻어 있습니다. 혹시 그 검은 얼룩이 짜장 소스는 아닐까요? 1루 주자와 2루 주자를 태그아웃하는 사이에 장룡은 경공술과 축지법을 사용해 중국집에서 짜장면 한 그릇을 먹고 온 건 아닐까요?
> 이러한 의문을 확인하기 위해 우리는 장룡에게 태그아웃을 당한 또 다른 피해자와의 접촉을 시도했습니다. 그 당시 2루 주자였던 전직 야구선수 B씨는 우리를 발견하자마자 강하게 저항하며 인터뷰 요청을 완강히 거부했습니다. 정중히 양해를 구했음에도 B씨는 장룡의 입가에 묻은 검은 점에 대해 모르쇠로 일관했습니다.
> 전직 야구선수 B씨: (음성 변조한 목소리로) 아, 정말 모른다니깐 대체 몇 번을 말해야 하는 거야. 입 주변에 짜장이 묻었는지 짬뽕이 묻었는지 내가 알 게 뭐야. 나는 피해자라니깐. 안 돼…… 나 얼굴 찍히면 안 된다고…… 이거 방송 나가면 안 되는데……
> 자 여러분 어떠십니까? 장룡의 입가에 묻은 검은 얼룩, 과연 그것은 무엇일까요? 짜장 소스였을까요? 아니면 짬뽕 국물이었을까요? 장룡은 야구를 농락하는 희대의 사기꾼일까요? 아니면 야구계의 대도일까요? 판단은 시청자 여러분의 몫으로 맡기며 저는 이만 물러갑니다.

들 역시 포청천의 '거부할 수 없는 제안'*을 받아들이고 훌리건

---

* 권력관계에서 '갑'인 심판이 '을'인 선수에게 제안하는 '거부할 수 없는 제안'을 야구적으로 풀어 설명하면, "던지라면 던지고, 치라면 치고, 까라면 까라"는 말이다. 여기서 밑줄을 쫙 그어야 할 핵심은 마지막 대목인 '까라면 까라'가 되겠다.

판관 포청천처럼 훌리건에게까지 '거부할 수 없는 제안'을 한 이는 없었으나 야구사에서 많은 심판들이 그러한 제안을 했던 것으로 보인다. 『세계 야구심판 인명사전』에 의하면 시칠리아 마피아 출신 돈 코를레오네는 경기 중에 쿠바산 시가를 피우며 "자네에게 '거부할 수 없는 제안'을 하겠네!"라는 말을 입버릇처럼 내뱉곤 했다. 야구선수 중에 그의 제안을 거절할 정도로 어리석은 이는 단 한 명도 없었다. 그들의 등 뒤에 조준된 기관총이 두뇌 회전에 도움을 주었기 때문이다.

물론 세상의 모든 을이 갑의 횡포에 굴복했던 것만은 아니었다. 『세계 훌리건 인명사전』을 살펴보면, 미국 야구 초창기에 월스트리트에서 활동했던 아마추어 야구선수 바틀비는 갑의 '거부할 수 없는 제안'에 맞서 저항한 대표적인 을로 소개되어 있다.

야구 기록지를 베껴 적는 필경사가 본업이었던 바틀비는 야구선수로서 그 어떤 기록도 남기지 않았다. 미국야구협회에 보관된 그의 공식 기록지에는 ◇(홈런)도, /(안타)도, K(스트라이크 아웃)도, 심지어는 O(스트라이크)나 —(볼)도 표기되어 있지 않다. 그런 연유로 그의 포지션이 무엇이었는지는 아직까지도 불분명한 상태다. 잉크가 전혀 묻지 않은 순백의 기록지에 충격을 받은 일부 기록원들은 그가 유령 선수였다는 주장을 펼치기도 했다. 이러한 주장은 허먼 멜빌이라는 야구 애호가가 내야석에서 작성한 짤막한 기록지가 뉴욕의 고문서 상점에서 우연히 발견되기 전까지 꽤 오랜 기간 정설로 받아들여졌다.

여기서 잠깐, 1853년 허먼 멜빌이 바틀비에 관해 남긴 기록지를 살펴보자. 정식 기록원이 작성한 기록이 아닌 탓에 공식 기호 대신 대화가 적혀 있다.

"이봐 바틀비, 공을 던지라니깐!" "안 던지는 쪽을 선택하겠습니다."

"이봐 바틀비, 공을 쳐야지, 뭐하고 있나?" "치지 않는 편을 선호합니다."

"이봐 바틀비, 좋은 말로 할 때 까라면 까게!" "아니요, 안 까고 싶습니다."

생활을 청산했다. 훌리건계의 다이너마이트 타선이라 불리던 왕조, 마한, 장룡, 조호조차도 판관 포청천 앞에서는 멘도사 라인처럼 무기력했다. 어떠한 시위도 무위로 그쳤다. 떠도는 풍문에 의하면 그들은 포청천에게 콜드게임으로 참패한 뒤 참회의 눈물을 흘리며 전국의 야구장 화장실을 청소했다고 한다.

그들은 인터뷰에서 다음과 같은 자아비판을 했다.

"포대인께서는 저희들의 어두운 선구안을 밝혀주었습니다. 그전까진 야구적 색맹이나 다름없었죠."

포청천의 '거부할 수 없는 제안'과 훌리건 4인방의 전향에 대해서는 앞서 언급했던 「칠협오의」라는 드라마에서 상세히 다루고 있으므로 시시콜콜한 설명은 생략하겠다. 개과천선 후 이들의 활약상은 「사건재연 프로그램—개봉부 사람들」이라는 야구 수사극에 잘 나와 있다. 「모두가 포청천의 사람들」이라는 소설

"이봐 바틀비, 자네는 더 이상 야구선수가 아니야! 이제 자네는 훌리건이란 말일세!" "그러고 싶지 않습니다."
위와 같은 기록지는 바틀비가 야구선수였음을 여실히 증명한다. 이처럼 (그 누구보다도 기록에 민감할 수밖에 없는 필경사였음에도 불구하고) 아무런 기록을 남기지 않은 그의 행위는 무기력한 태업 따위로 폄하되어서는 절대 안 될 것이다. 그의 고의적인 무기록은 적극적인 선택이자 의지였고, 불복종이었다. 그는 던지지 않고, 치지 않고, 까지 않음으로써, 다시 말해 '거부할 수 없는 제안'을 거부함으로써 통산 500승 투수보다도 존재감이 강한 야구선수-훌리건으로 많은 이들의 뇌리에 각인되었다.
허먼 멜빌의 기록지에는 아래와 같은 헌사가 적혀 있다.
"아, 바틀비여! 아, 야구선수여! 아, 훌리건이여!"

과 동명의 영화 역시 추천한다. 그럴 리는 만무하겠지만, 혹시라도 비전향 훌리건들의 비참한 삶에 관심이 있다면 「용서받지 못한 자」라는 다큐멘터리가 좋은 선택이 될 것이다.

아버지는 투수의 견제에 걸린 주자가 1루와 2루 사이를 오가며 허둥대는 것처럼 진퇴양난에 빠져 있었다. 그라운드였다면 모래를 움켜쥐어 상대방의 눈에 뿌리며 기회를 엿볼 수 있었을 텐데. 수시로 마포 걸레에 닦인 반질거리는 대리석 바닥에는 모래 알갱이 한 알 없었다.

"아웃!"

거친 태그아웃에 아버지의 야구모자가 날아갔다. 아버지는 뭐라 변명하려 했으나 장룡에게 팔을 비틀린 채 맥없이 바닥에 눕혀졌다. 모자에 짓눌려 있던 긴 머리카락이 아버지의 얼굴을 가리며 흘러내렸다.

"훌리건 K를 체포했습니다."

무전을 받고 황급히 출동한 상관에게 조호가 보고했다. 훌리건 K는 익명의 훌리건을 지칭하는 범죄용어, 아니 야구용어다.

"수고했네. 포대인에겐 내가 무전으로 보고하겠네."

기세등등한 환관의 목소리에 아버지는 고개를 들어올렸다. 활짝 열린 바지 지퍼가 보였고, 그 위로 자신이 아는 얼굴이 보였다. 전조였다. 스타와 팬으로 만났던 두 사람은 두번째 만남에서는 개봉부의 호위와 훌리건으로 변해 있었다. 감격스러운 재회라고 말할 수 없었다.

그 순간 상황에 어울리지 않게 스르르 졸음이 밀려왔다.

1분 동안의 필리버스터

"용작두를 대령하라!"

악몽에서 깨어났을 때 아버지의 입가에는 미지근한 침이 흘러내렸다. 일그러진 한쪽 뺨은 대리석 바닥의 온도를 재듯 밀착되어 있었다. 비틀린 팔은 피가 통하지 않았고, 여섯 손가락은 분필처럼 무감각해진 지 오래였다.

"길을 비키시오! 포대인께서 입장하십니다!"

장룡과 조호가 소리 높여 외쳤다.

관람객들이 열어준 길 위로 둘둘 말린 녹색 카펫이 순식간에 펼쳐졌다. 곧이어 고개를 높이 치켜든 판관 포청천이 녹색 길을 밟으며 납시었다. 그 뒤를 따라서 하얗게 센 수염을 길게 늘어뜨린 개봉부 공식 서열 2위 공손 선생과 검은 유니폼을 입은 수하들, 카메라를 든 기자단이 나타났다.

"훌리건이 나타났다!"

한 남자아이가 소리쳤다.

정작 포청천보다 시민들의 관심을 끈 것은 체포된 아버지였다. 훌리건이란 말에, 시민들이 삽시간에 몰려들어 북새통을 이루었다. 그중에는 심판 유니폼을 입고 있는 어린아이들도 있었다. 미래의 포청천들은 말로만 듣던 훌리건을 눈으로 직접 보기 위해 까치발을 들거나, 어른들의 틈새로 껴들거나, 무등을 태워달라고 떼를 썼다. 훌리건 재판은 중세의 마녀재판 이래 최고로 인기 있는 볼거리였다.

"정숙하시오!"

포청천의 수하들은 소란을 진정시키려고 애썼다. 절대권력의 개봉부가 어린아이들에게 애원하다시피 했다. 아이들을 조용하게 만든 것은 개봉부 권력이 아니라 말로만 듣던 훌리건을 구경한다는 기대감이었다.

"전호위, 훌리건 K의 몸을 일으켜 세우게. 마한은 소지품을 뒤져 증거물을 수집하라."

포청천이 명령했다.

"명을 받들겠습니다."

아버지의 몸이 일으켜 세워졌다.

이마에 초승달이 새겨진 시커먼 얼굴을 본 순간 아버지는 자

포자기했다. 오랜 악몽이 드디어 실현되는구나. 그러면서도 일말의 희망만은 포기하지 않았다. 어머니가 구원투수처럼 등판하여 작두형으로부터 자신을 구해주리라는. 그러나 그 시각 어머니는 국립중앙박물관보다 큰 야구박물관 안에서 아버지를 찾아 헤매고 있었다.

"……"

훌리건 K의 얼굴이 공개된 순간 구경꾼들의 표정에는 실망감을 넘어선 배신감마저 일었다. 빠른 볼을 벼르다가 체인지업, 아니 아리랑 볼에 타이밍을 빼앗긴 타자처럼 그들의 얼굴에는 허탈한 분노가 서려 있었다. 야구 배트가 쥐어져 있다면 화가 나서 무릎으로 꺾을 기세였다.

아버지의 초췌한 얼굴은 모두의 기대를 배신했다. 아버지는 뉴스 보도에 나오는 훌리건들의 극악무도한 용모에 미치지 못했다. 만화영화 속의 어설픈 악당보다도 못해 보였다. 야구모자가 벗겨진 훌리건 K의 맨얼굴은 길모퉁이에서 흔히 볼 수 있는 인사성 밝은 이웃의 얼굴, 잘못 날아간 야구공을 던져주는 동네 형의 얼굴이었다. 애나 어른이나 실망하기는 매한가지였다. 심지어 훌리건 K를 체포한 개봉부 4인방과 전조마저도 당혹스러움을 감추지 못했다. 물론 그 기색이 가장 뚜렷한 이는 포청천이었다.

아버지의 보스턴백에서 쏟아진 내용물도 관중들을 실망시키는 데 한몫했다. 소음기가 달린 권총, 시곗바늘이 돌고 있는 사제폭탄, 도화선으로 둘둘 감긴 다이너마이트 뭉치, 암코브라 여섯 마리에서 추출한 독극물 등등을 예상했으나 정작 나온 것들은 모나미 볼펜 한 자루, 일주일 전 관람한 야구 티켓 한 장, 삼단우산, 헌혈증, 대일 밴드, 그리고 야구공이었다. 야구공을 보는 순간 모두의 표정이 잠깐 동안 숙연해졌다.

—전호위, 이게 무슨 개망신인가! 대어를 잡은 줄 알고 공식 일정을 취소하고「야구가중계」기자들을 불러모았건만. 정녕 본 판관을 능멸하는 것인가! 저건 D급 훌리건에도 못 미치는 상판인데…… 미스캐스팅의 극치 아닌가!

포청천이 전조를 강하게 문책했다. 입으로 내뱉은 게 아니라, 허벅지 위를 오른손으로 살살 긁는 사인으로 표현했기 때문에 일반인들은 알아듣지 못했다. 그러나 야구선수 출신인 아버지는 그 사인을 훔쳐 읽을 수 있었다. 어두운 밤 비밀 금고를 열고 일급기밀을 훔치는 스파이처럼 아버지는 신경쇠약 상태에 이르렀다.

야구의 정교한 언어체계에 무지한 아마추어들은 야구 사인을 조야한 모스부호 정도로 과소평가하며 신성한 야구 언어의 위대함을 간과하는 경향이 있다. 그러나 이걸 알아야 한다. 모든 언어는 야구 사인으로 번역될 수 있다. 그러나 그 역은 성립하지 않는다. 야구 사인을 번역하려는 노력 자체가 반역이다.

심원한 야구 언어는 가장 과학적인 동시에 가장 시적이라 할 수 있다. 무릇 진정한 야구인이라면 오해라는 불순물이 침투할 수 없는 투명한 언어인 사인만으로 위대한 문학작품 몇 편을 집필할 수 있다. 야구 사인은 지하철 계단을 오를 때 숙녀들이 핸드백으로 가리는 치마 속만큼이나 내밀하고 성스럽다. 지금은 사어가 된 쿠페늬어만이 유일하게 야구 언어와 어깨를 나란히 할 수 있을 것이다. 3언더의 핸디캡을 둔다면 말이다.

—입이 열 개라도 드릴 말씀이 없습니다. 전아무개의 공명심이 앞서 실수를 저질렀습니다.

전조가 몸을 비비 꼬는 사인으로 대답했다. 아버지는 마음속으로 안도의 한숨을 내쉬었다. 살았다. 견제에 걸려 1루와 2루 사이에서 비명횡사하기 직전에 기적적으로 생환한 주자가 된 기분이었다.

—그렇다고 해서 이자를 이대로 돌려보낼 순 없네. 개봉부의 권위가 땅바닥으로 추락하는 것은 둘째 치고라도, 본관의 명성에 흠집이 갈 텐데, 이자를 훌리건으로 엮어 개봉부로 끌고 갈 묘책이 정녕 없겠는가, 전호위!

아버지가 체포되었을 때는 훌리건의 정치적 필요성이 개봉부 내부에서 본격적으로 논의되던 시기였다. 훌리건은 더 이상 잉여인간이 아니었다(사실, 그보다 못한 취급을 받는 게 일상다반사긴 했지만).

최고의 적인 훌리건이야말로 야구가 5루로 진루하는 데 가장 극적인 양념이었다. 상대 팀 없이 야구 경기를 치를 수 없는 것처럼 개봉부가 존립하기 위해서는 초강력한 적이 필수적이었다. 이를테면 필요악이었다. 스프링캠프를 열어 백만 훌리건을 적극 양성해야 한다느니 '슈퍼 훌리건 K'와 같은 공개 오디션을 통해 훌리건 유망주를 캐스팅해야 한다느니, 훌리건 드래프트 제도를 전면 부활시켜야 한다느니 하는 의견들이 빗발쳤다.

대다수의 야구팬들 또한 제대로 된 훌리건들이 야구판에서 활개치던 시절에 대한 향수에 젖어 있었다.

—훌리건이라고 자백할 때까지 고문하는 것이 어떠하옵니까. 아직 제 방망이가 그렇게 녹슬지 않았습니다.

아버지는 화장실에서 감상했던 전조의 호쾌한 스윙을 떠올렸다. 공중으로 높이 날아가는 야구공처럼 머릿속이 하얗게 텅 비었다.

—그러기엔 이목이 너무 많습니다. 차라리 폭탄 소지죄로 연행하는 게 상책일 듯싶습니다. 폭탄을 소지하고 있으면 1급 훌리건으로 잡아넣는 데 무리가 없을 것이옵니다.

개봉부 서열 2위 공손 선생이 가늘게 찢어진 눈으로 사인을 보내며 대화에 끼어들었다.

—도대체 무슨 소리요? 폭탄이 어디에 있단 말이오? 책사라면 좀더 그럴듯한 책략, 아니 애드립이라도 내놓으시오.

—외람된 말씀이오나, 야구공이 있지 않습니까. 야구공은 판정에 따라 스트라이크나 볼, 안타, 파울, 홈런과 같이 뭐든 될 수 있습니다. 대저 야구공이란 물건은 잘 쓰면 약이지만 자칫 잘못 사용하다가는 치명적 무기가 되기도 하지요. 이를테면……

—이를테면?

포대인이 물었다.

—이를테면, 야구공은 위장된 세균폭탄이 될 수도 있습니다.

공손 선생이 공들여 기른 수염을 쓸어내리며 대답했다. 덥수룩한 수염에는 동서고금의 모든 책략이 달라붙어 있는 듯했다.

—참으로 경탄할 만한 꼼수요. 야구 9단이란 공손 선생의 명성이 허명이 아님을 새삼 실감하는구려!

포청천은 세균폭탄을 맨손으로 만지작거렸다.

아버지는 난데없이 튀어나온 야구공을 저주했다. 저게 왜 여기 있지? 이제 어딘가에서 작두가 등장할 차례인가?

"에이, 야구장에서 박수 치던 그 아저씨잖아. 엄마, 나 저 아저씨 텔레비전에 나온 거 봤어."

훌리건을 보기 위해 어른들의 다리 밑을 기어나온 곱슬머리 여자아이가 말했다.

"어, 정말이네. 일어서서 박수 치던 아저씨 맞아. 나도 텔레비전에서 봤어!"

"나도 봤어!"

"난 지난주 야구장에서 직접 봤어!"

"나도, 나도!"

어린아이들은 저마다 자신의 목격담을 자랑했다. 사인이 아니라 목소리로 말했기 때문에 야구 언어에 정통하지 않은 남녀노소 모두 알아들을 수 있었다.

"정숙하시오."

장룡과 조호가 정숙을 요구했으나 아버지를 변호하는 어린 목격자들의 생생한 증언은 한참 후에야 중단되었다.

이런 혼란 속에서 야구계의 거목인 포청천과 공손 선생은 눈짓, 손짓, 발짓을 주고받으며 어떻게 곤경에 대처해야 할지 의논했다.

다시 한번 정숙한 분위기가 찾아왔을 때 포청천이 입을 열었다.

"공손 선생, 펜을 건네주시오."

포청천은 야구공 위로 펜을 휘갈겼다. 잉크가 잘 나오지 않는지 몇 번 멈췄다가 다시 썼다.

아버지는 펜촉에서 흘러나오는 판결문을 주시했다.

"흠, 아무래도 오해가 있었던 거 같군. 정중히 모셔오라고 명령했는데, 내 뜻이 잘못 전달된 것 같네. 수하들의 무례를 용서하게. 본관은 자네가 품행이 방정하고 모범적인 시민이란 걸 한눈에 간파했다네."

포청천이 아버지에게 사인볼을 건네며 말했다.

다분히 전시효과를 계산한 호의였으나 아버지는 포청천의 친필사인에 몸 둘 바를 몰랐다. 일촉즉발의 위기 상황에서 역전 만루 홈런과 같은 기적이 찾아온 것이다. 그것도 4점이 아닌 5점짜리가.

훌리건을 찍기 위해 대기하던 카메라들은 판관 포청천에게 야구공을 하사받는 모범시민을 향해 플래시를 터트렸다.

야구공을 감싸쥔 아버지의 여섯 손가락을 바라보는 포청천의 눈이 날카롭게 빛났다.

모든 야구공은 평등하게 태어난다.

그러나 야구공의 가치는 하얀 피부 위에 쓰이는 사인에 따라 달라진다. 이는 『야구법전』 120조 1항과 2항에 각각 명시되어 있다. 120조는 야구공과 관련한 제반 문제를 다룬다.

야구를 사랑하는 시민이라면 흠모하는 선수나 감독, 심판의 사인을 받기 위해 야구공을 손에 쥐고 차례를 기다려본 적이 있을 것이다. 그런 경험이 있는 시민이라면 알 것이다. 사인볼을 얻는 것이 하늘의 별 따기라는 것을.

사인볼을 차지하기 위해서라면 새치기는 기본이고, 몸싸움은 필수다. 사인볼에 눈이 멀어 남자가 여자를 밀치고, 어른이 아이를 밟고 지나가는 모습은 그리 낯선 정경이 아니다. 이러한 일이 비일비재하다 보니 당하는 쪽에서도 애교로 봐줄 정도다.

어느 광적인 야구팬은 응원하는 야구선수의 사인을 받기 위해 삼십육 년간 스토킹을 하기도 했다. 제3세계에서는 사인볼 하나를 쟁취하기 위해 내전이 발발하는 경우도 부지기수다.

『야구경제학』이란 잡지에 정기적으로 칼럼을 연재하는 모 경제학자는 미술품이나 귀금속에 대한 투자보다 사인볼에 대한 투자를 적극 권장하기도 한다. 가장 투자가치가 높은 것은 심판의 사인볼이다.

국보급 심판인 포청천의 사인이 들어간 야구공은 한국시리즈 우승팀 선수들과 코칭스태프의 사인이 한꺼번에 들어 있는 야구공보다 값어치가 나간다. 부르는 게 값이다. 상세한 가격을 알고 싶으면 개봉부의 사인볼 가격표를 참조하라. 포청천의 사인볼을 소유하고 있으면 세상 모든 사람이 도둑놈으로 보여 밤잠을 이루기 어렵다. 포청천의 사인볼쯤 되면 자기 몸의 장기처럼 늘 몸에 지니고 다녀야 하는 것이 상식이다.

가장 많이 위조되는 것도 심판의 사인볼이다. 암시장에서 유통되는 사인볼은 거의 백 프로 짝퉁이다. 사인볼 위조는 공문서 위조보다 형량이 높음에도 불구하고 그 기세가 사그라지지 않는다.

일부 훌리건은 개봉부가 재정 확보를 목적으로 가짜 사인볼을 유통시킨다는 음모론을 퍼뜨리다가 기소되기도 했다. 부모에게 가보로 물려받았다며 「야구쇼 진품명품」에 들고 나온 판관 포청천의 사인볼이 정교한 모조품으로 탄로나 전국적인 망신을 당한 경우도 있다. 이러한 폐단을 막고자 고가의 사인볼의 경우 반드시 개봉부에서 지정한 감정사가 작성한 인증서를 첨부하는 것을 의무화했다. 그러나 공인인증서조차 날조된 경우가 수두룩했다.

아버지는 자신에게 닥친 뜻하지 않은 행운이 믿기지 않았다. 포청천이 언론 앞에서 관대해진다는 걸 감안해도 아버지의 야구공에 사인을 해준 것은 극히 이례적인 일이었다. 홀리건 누명을 쓰기 일보 직전에 분에 넘치는 횡재를 한 셈이었다.

포청천의 사인볼을 건네받은 순간, 아버지는 불운했던 선수시절을 대번에 보상받았음은 물론이고, 엄청난 특혜를 누리는 특권층으로 진입한 것이나 진배없었다.

이따금 나는 상상한다. 아버지가 포청천의 사인볼을 간직하고 있었다면 어땠을지를. 그랬다면 우리 가족이 현재와 같은 푸대접을 받지 않았을 거란 속물적인 감상에도 잠긴다. 학교에서 제일 빠른 공을 던짐에도 야구부에 들어가지 못하고, 야구장은 개구멍으로 무단침입해야 하며, 처음으로 가슴이 두근거린 여자아이에게 야구를 싫어한다는 거짓말을 할 상황은 생겨나지 않았을 것이다.

야구계의 성골, 권문세족, 신진사대부의 삶은 야구계의 대역죄인인 훌리건의 고단한 삶과는 차원이 달랐을 것이다.

그런 높은 차원의 삶은 우리 가족이 감당하기에 벅찼겠지만.

판관 포청천과 수하들이 개봉부로 철수하고 난 뒤 아버지는 야구박물관 밖으로 뛰쳐나왔다.

아버지는 앞만 보며 걸었다. 모든 비극은 뒤를 돌아보는 순간 들이닥친다. 돌아보는 순간 태그아웃이다.

"기다려."

아버지를 불러 세운 건 개봉부 사람들이 아니었다. 가쁜 숨을 내뱉으며 어머니가 뒤쫓아왔다. 그녀의 손에는 아버지의 야구 모자가 쥐어져 있었다.

"얼마나 찾아다녔는지 알아? 화장실에 빠져 죽은 줄 알았잖아."

"차라리 화장실 귀신이 되는 편이 나았을 거야."

아버지는 자신이 겪었던 고초를 빠짐없이 들려주었다. 슈퍼스타 전조의 변절과 악명 높은 훌리건 4인방의 전향, 훌리건으로 오인 받아 체포당한 이야기, 포청천의 친필사인에 대해.

뒤쪽으로 멀어져가던 박물관은 어느새 동전처럼 작아져 있었다.

"위기 뒤에 기회가 온단 말도 몰라? 개봉부를 코앞에 두고 항소를 포기하겠다는 거야?"

어머니는 홈을 향해 돌격하라는 주루코치처럼 아버지에게 무모한 진루를 요구했다.

"어차피 공소시효도 오늘까지잖아. 벌써 해가 기울기 시작했어. 오늘만 지나면 더 이상 사나운 꿈을 꾸지 않을지도 모르지."

"악몽에는 공소시효가 없어. 형은 야구선수야. 자신이 던진 공에 대해 책임을 져야 해. 그렇지 않으면……"

"그렇지 않으면?"

아버지가 물었다.

"눈꺼풀만 닫혀도 악몽을 꿀 거야."

"벌써 그러고 있어."

아버지는 발걸음을 빨리했다. 어머니가 보조를 맞췄다.

"제발 현실을 직시해." 아버지가 말했다. "판관 포청천은 야구보다도 큰 위인이야. 나는 야구공보다도 작은 소시민이고. 『한국 야구사』를 집필한 공손 선생도, 슈퍼스타 전조도, 훌리건의 영원한 전설 왕조, 마한, 장룡, 조호도 포대인 앞에서는 야구공처럼 작아지는데, 무명의 야구선수에게 뭘 기대하는 거야? 포대인과의 대면은 한 번이면 족해. 아니, 한 번도 너무 많아. 더블헤더를 치를 생각은 없어."

아버지는 야구공을 하사받던 순간 여섯번째 손가락을 노려보던 포청천의 눈빛을 떠올렸다. 그것은 발 빠른 1루 주자를 견제하는 투수의 눈빛처럼 매서웠다. 아버지의 걸음이 뒤틀렸다.

"설마 포청천이 두려워서 고의사구를 던지겠다는 건 아니지? 형이야말로 야구를 직시해."

어머니가 말했다.

"포대인은 내 야구공에 사인을 해줬어. 은혜를 원수로 갚는 것은 페어플레이 정신에 어긋나."

"그건 권력자의 훈육 방식일 뿐이야. 개에게 공을 던져주고 주워오게 하는 식의. 형은, 야구의 개가 되고 싶은 거야?"

아버지는 침을 삼켰다. 야구공을 넘긴 것처럼 목구멍이 따가웠다.

"내가 왜 형을 좋아하는지 알아?"

아버지는 발걸음을 잠깐 멈췄다 다시 걸었다.

아버지에게는 늘 풀리지 않는 수수께끼가 하나 있었다. 열혈 투사들의 끊임없는 구애에 퇴짜를 놓기 일쑤던 장 다르크는 왜 나를 선택했을까? 실제로 어머니와 아버지의 교제는 운동권 내에서 구설수에 오르기도 했다. 다른 사람들의 눈에 아버지는 소심한 소시민에 불과했다.

"내가 고분고분해서겠지. 이제까지 네가 하는 말이면 뭐든 다 따랐잖아. 한가운데로 몰린 공처럼 치기 딱 좋았겠지."

"형이 야구선수이기 때문이야."

일기장을 은밀하게 넘기듯 미풍이 어머니의 앞머리카락을 살짝 들어올렸다.

"무슨 소리야?"

"어렸을 적 나는 순종적인 아이였어. 형보다 더하면 더했지 못하진 않았을 거야."

어머니가 말했다.

"농담하지 마. 그게 언제 적 이야긴데?"

"유치원에 들어가기 전 이야기야. 어느 날 우연히 야구 중계를 보기 전까지 나는 지금의 내가 아니었어. 만화영화 시간을 기다리며 채널을 돌리다 야구 경기를 시청하게 됐지. 프로야구가 아니라 고교야구였는데, 까까머리 야구선수가 턱을 높이 치켜들고는 오프사이드 판정에 대해 거칠게 항의하고 있었어."

"잠깐, 오프사이드라고?"

"그래, 오프사이드. 뭐 잘못됐어?"

"아니……"

"야구사에서 가장 아름다운 순간이자 내 인생을 바꾼 중대한 순간에 관한 이야기니깐, 말 끊지 말고 경청하기나 해."

아버지가 고개를 끄덕였다.

"심판은 퇴장 명령을 내렸어. 하지만 까까머리 야구선수는 마운드로 돌아가서 꿈쩍도 하지 않았지. 그는 경기가 속행되지 못하도록 필리버스터*를 실행했던 거야. 그는 경비원들에 의해

---

* 필리버스터(filibuster)란 심판의 횡포에 저항하기 위한 합법적이고 계획적인 경기 진행 방해 행위를 일컫는 말이다.
대표적 사례로는 주자가 없는 상황에서 무의미한 견제구를 남발하거나, 타석에 들어서기 전에 운동화 끈을 풀었다 맸다를 반복하거나, 타격 자세를 취하

겨우 일 분 만에 경기장 밖으로 쫓겨났어. 내게는 영원과 같은 일 분이었지. 나머지 경기 시간은 지독한 여운에 불과했어. 그 일 분 동안 무슨 일이 일어났는지 알아?"

"무슨 일이 일어났는데?"

"항의가 받아들여지지 않자 까까머리 야구선수는 심판의 얼굴을 향해 글러브를 집어던졌어. 스피드건으로 재지 않아 속도는 알 수 없지만 내 눈에는 시속 백육십 킬로는 되어 보였어. 스

는 대신 야구 배트의 끝으로 땅을 고르거나, 포수와 타자가 쓸데없는 잡담을 주고받으며 시간을 지연시키는 행위 등이 있다. 모 선수는 헬멧을 벗어 천천히 냄새를 음미하는 고유의 필리버스터로 유명하다. 경우에 따라서는 선수 전원이 자신의 포지션에 드러눕는 단체 행동도 불사한다.
최장 시간 필리버스터를 감행한 이는 메이저리그의 우완투수 월터 라이언이다. 그는 심판 판정에 항의하는 의미로 마운드에 서서 장장 48시간 17분 23초 동안 책을 낭독했다. 그는 『즐거운 정원 가꾸기』 『궁중요리 대백과』 『피부 관리 백서』 『부부 생활 클리닉』 『태교를 위한 클래식 가이드』 『운전면허 시험 예상 문제집』 『곤충도감』 『도자기 공예 교실』 등등을 연속해서 읽었다. 그가 낭송한 서적들은 모두 그해의 베스트셀러에 오르는 기염을 토했다. 그는 마운드에서 내려오기 직전 쉰 목소리로 다음과 같은 말을 남겼다.
"필리버스터의 핵심은 지속 시간이 아니라 그 진정성입니다."
약자의 목소리를 보장하는 수단이자 선수 개인의 고유한 권리인 필리버스터는 야구 민주주의를 상징하는 아름다운 제도라 할 수 있다. 그러나 개봉부는 몇 해 전부터 필리버스터를 법적으로 규제하려는 움직임을 보이고 있다. 심판 판정에 불복하는 악습을 철폐한다는 명분으로 투구제한시간을 도입했으며, 보크와 같은 규제를 대폭 강화했고, 심판의 권위와 재량을 확대하는 법안을 상정했다. 안타깝게도 최근에는 필리버스터의 의미가 떼쓰기, 억지, 꼴불견, 진상, 추태 정도로 격하되고 있다.

치지도 않았는데 심판은 얼굴을 부여잡고 할리우드 액션을 취했지. 아카데미 주연상 감이었어.

절로 웃음이 터져나왔어. 너무 우스워서 도저히 웃음을 멈출 수가 없었어. 디즈니 만화 동산의 수준 높은 슬랩스틱에 단련된 내가 심판의 저급한 몸개그를 보고 눈물이 날 정도로 웃었단 말이야. 처음에는 그 이유를 알 수 없었어. 그러나 경비원들에게 끌려나가면서도 '이의 있습니다'라고 소리치는 까까머리 야구선수를 보고 나서야 웃음의 비밀을 알게 됐지. 그게 뭐냐고 안 물어봐?"

"그게 뭔데?"

아버지가 물었다.

"나는 심판의 권위에 불복하는 야구선수를 보며 통쾌함을 느꼈던 거야. 오심에 대한 한 선수의 불복종이 야구를 지켜낸 거야. 야구가 공놀이로 강등되는 것을 막아낸 거지. 나는 반하고 말았어. 질투할 필요는 없어. 날 매료시킨 것은 그 까까머리 선수가 아니라 그의 불복종이었으니까. 매사에 순응적이었던 나는 그 순간부터 변하기 시작했어. 그 뒤로 나는 계속해서 소망했어. 나에게 야구선수 친구가 한 명 있었으면 하고 말이야."

어머니는 잠시 말을 멈췄다가 계속했다.

"유치원 졸업 문집에다 언젠가 야구선수와 결혼하겠다는 포부를 밝히기도 했어. 그리고 시간이 흘러 형을 만나게 된 거야.

형을 처음 봤을 때 나는 오래오래 거르고 걸러서 마침내 기다리던 공을 마주한 타자처럼 반가운 심정이었어. 묵직한 공을 배트로 쳐낼 때처럼 내 두 손이, 아니 가슴이 저려왔어. 딱 한 번 화염병을 기가 막히게 던지던 운동권 선배에게 마음이 흔들린 적이 있긴 하지만……"

"혹시, 철민이 형이야?"

"아냐, 자꾸 말 끊지 말라니깐. 내가 하고 싶은 말은 야구선수는 부조리한 판결 앞에서 두 가지 행동을 취할 수 있다는 거야. 복종하거나 불복종하거나. 오심에 굴복한다면 그건 운동선수라고 할 수는 있을지언정 야구선수로서는 실격감이야. 요즘에는 투수든 타자든 모두 운동선수로 전락하긴 했지만. 아무튼, 오심을 받아들이는 것은 작정하고 루킹 삼진을 당하는 타자보다도 못해."

어머니는 아버지에게 야구선수의 본분을 상기시켰다.

"지금껏 난 제대로 된 불복종이라곤 해본 적이 없어. 야구부 선배나 감독, 군대 고참, 직장상사에게 목소리를 높여본 적이 없어. 사춘기 때조차 순종적이었다고. 너와 함께 시위에 참여한 적은 있었지. 그렇지만 그건 어디까지나 데이트의 연장이었잖아. 아버지가 너와 헤어지라고 명령했을 때도 난 대꾸조차 못했어."

"아냐, 형은 이미 불복종했어. 그 불복종이 지금 내 뱃속에서

자라고 있어. 조금 있으면 발길질을 시작할 거야."

"무슨 소리야?"

"형의 아이를 가졌단 말이야. 기억 안 나? 내가 체포되던 날……"

그 말은 아버지의 발걸음을 멈추게 했다. 뒤돌아서게 만들었다. 아버지를 돌아서게 만들 정도로 내가 중요한 사람이었다는 사실은 뱃속의 나를 기쁘게 했다.

그동안 아버지는 어머니를 대신해서 내 태몽을 꾼 셈이었다. 아버지의 꿈에 개나 호랑이, 용과 같은 여러 동물들의 형상이 나타난 탓에 내 태몽을 딱 잘라 말하긴 어렵다. 그러나 심사숙고 끝에 나는 결론을 내렸다. 내 태몽은 개나 소, 호랑이 따위가 아니라 야구라고.

그러고 보니 이 이야기는 아버지에 관한 이야기에 국한되지만은 않는 것 같다. 내 이야기이기도 한 것이다.

여행 내내 어머니의 뱃속에는 야구공 크기의 내가 웅크리고 있었으니까.

"우리 아이를 야구선수로 키우고 싶어. 형처럼 좋은 공을 던지는 순정파 투수로 말이야."

어머니는 자신의 가족계획에 관해 이야기했다. 아버지는 적시타를 맞은 심정이었다.

"너는 내가 던지는 공을 한 번도 본 적이 없잖아. 너하고 처음 만났을 때 난 이미 야구선수가 아니었는데……"

"내 선구안이 나쁘지 않다면 형은 좋은 야구선수가 분명해. 그래서 내가 형을 좋아하는 거고. 좋은 야구선수는 좋은 공을 던질 수밖에 없잖아. 어떻게 좋은 야구선수가 나쁜 공을 던질 수 있겠어?"

"넌 나를 과대평가하고 있어!"

"형이야말로 자신을 과소평가하고 있어!"

두 사람은 라이벌팀의 마스코트처럼 이마를 맞대고 으르렁거렸다. 그러나 캐치볼을 하는 것처럼 마음만은 고요했다. 아버지는 전조에게 자신의 투구를 인정받았을 때보다도 더 두근거렸다. 별안간 선구안이 좋아지는 느낌이 들었다.

"마지막으로 한마디만 하고 더 이상 강요하지 않을게." 어머니가 말했다. "우리 아이를 위해서라도 형은 야구가 그깟 공놀이로 전락하는 걸 막아야 해. 포청천의 손아귀에서 야구를 구해내야 해. 그렇지 않으면 우리 세 사람은 헛걸음을 한 거야. 이것은 인생이, 아니 야구가 형에게 요구하는 거야."

"그러기에는 너무 멀리 온 거 같은데…… 공소시효까지 이제 한 시간밖에 안 남았어. 개봉부까지 못 갈 것 같아."

"이제야 야구선수다운 말을 하는군. 걱정 마. 형은 올바른 길을 걸어왔으니까. 방향치치곤 제법이야."

주변을 살핀 아버지는 입이 벌어졌다. 자신의 방향감각에 감탄했다.

두 사람에게서 조금 떨어진 곳에는 황금색으로 도금된 포청천이 마중 나와 있었다. 그 근처에는 살찐 비둘기들이 권능에 순응하듯 고개를 끄덕이고 있었다.

아버지는 권위라는 축적으로 확대된 거대한 동상을 보고도 뒤로 물러서지 않았다. 이전 같았으면 포청천의 그림자만 보고도 기겁해 비둘기처럼 머리를 조아렸을 테지만.

포청천의 가랑이 사이로 개봉부가 보였다. 번지수를 잘못 찾아왔다는 느낌은 없었다. 늦은 오후의 햇살이 개봉부의 초록색 지붕 위로 내려앉아 있었다.

법의 문턱

개봉부는 야구 신도시 한복판에 위풍당당하게 서 있었다.

개봉부를 기준으로 1루 방향에는 야구장이, 2루 방향에는 야구박물관이, 3루 방향에는 심판대학이, 정면 홈플레이트 쪽에는 야구대공원이 자리잡고 있었다. 이러한 입지는 중요무형문화재로 지정된 유명한 무당이 풍수지리설에 입각하여 선정한 것이었다.

야구의 최고 사법기관답게 개봉부는 법정, 회의소, 감옥, 집무실, 연구소와 같은 시설물들을 두루 갖추고 있었다. 모든 건축물은 법의 시대라 일컬어지는 송나라 시대의 양식, 정확하게는 북송의 영조법식(營造法式)에 의거해 지어졌다. 벽돌 하나까지 철저한 고증을 거쳤다.

개봉부는 붉은 담장으로 둘러싸여 있었다. 담벼락 위에는 일벌백계라고 적힌 푸른 깃발이 일정한 간격으로 꽂혀 있었다. 바람이 불 때마다 깃발의 글귀가 펄럭였다. 서로 반대 방향으로 뻗은 붉은 담장은 스물다섯 개의 번지를 가로지른 후에야 다시 만날 수 있었다. 아버지와 어머니가 서 있던 곳에서는 높은 담장 너머로 초록색 지붕들이 듬성듬성 보였다.

"스테로이드 주사를 맞은 배리 본즈가 알루미늄 배트로 테니스공을 쳐도 넘기지 못하겠는데."

아버지가 감탄했다.

야구와 관련한 모든 송사를 처리하는 개봉부는 그 권위만큼이나 높은 담장으로 명성이 자자했다. 야구장 펜스와는 비교불가였다. 높기로 악명 높은 보스턴 레드삭스의 홈구장인 펜웨이파크의 펜스조차 개봉부의 담벼락에 비하면 초등학교 운동회 때 사용되는 허들에 불과할 정도였다.

훌리건들은 개봉부 담장을 통곡의 벽이라 불렀다. 훌리건들의 전성시대에, 야구장에 수시로 난입하고, 경찰서 습격을 즐기던 막가파 훌리건들조차 개봉부의 높은 담장 앞에서는 눈물을 찔끔거릴 수밖에 없었다.

훌리건이 개봉부 안으로 들어갈 수 있는 방법은 피의자 신분으로 끌려가는 것 말고는 없었다. 출입구 포토라인에서 여유작작한 미소를 짓던 거물들도 개봉부의 취조를 받고 난 뒤로는 개봉부 쪽으로는 오줌조차 못 눈다는 말이 있다. 통곡의 벽 너머의 개봉부는 훌리건들의 무덤이나 다름없었다.

"이걸 어쩌지, 개봉부 안으로 들어가는 계획은 미처 세우지 못했는데……"

어머니는 난처한 표정을 지었다. 시민이 야구의 법정에 들어가는 게 이토록 어렵다니.

"담장뿐만이 아니야. 포청천을 만나려면 열일곱 관문을 통과해야 해. 각 관문에는 여러 종목에서 영입한 국가대표급 수비수들이 배치되어 있어. 키스톤 콤비를 구성하는 유격수와 2루수는 물론이고 빗장 수비로 명성을 떨치는 포백라인, 질식 수비를 펼치는 파워포워드, 상대 팀 쿼터백을 압살하는 라인맨 등을 차례로 뚫어야 해."

아버지의 말대로 각 종목에서 차출된 수문장들은 물 샐 틈 없는 짠물 수비를 자랑했다.

"그럼 포청천을 만날 길이 없단 말이야?"

어머니는 근처의 나무 벤치를 쳐다보며 물었다. 나무의 결이 일렁이는 듯했다. 어머니가 조금 휘청거렸다. 아버지는 어머니를 부축하여 벤치에 앉혔다. 손등으로 어머니의 이마에 맺힌 땀방울을 닦아주며 아버지가 말했다.

"여기서 기다리고 있어. 삼진아웃을 잡고 올 테니까, 벤치나 따뜻하게 데워놓고 있어."

"들어갈 방도는 있는 거야?"

아버지는 방어율 0점대 구원투수처럼 자신감 있는 표정을 지었다. 혼자서 열일곱 명의 타자를 차례로 삼진아웃시킬 기세였다.

아버지가 허리를 숙였다. 어머니는 아버지의 머리에 새빨간 별이 박힌 야구모자를 꾹 눌러 씌워주었다.

"역시 야구모자가 잘 어울려. 형은 타고난 야구선수야."

아버지는 어머니와 손바닥을 부딪치며 전의를 다지지 않았다. 하이파이브, 아니 하이식스는 잃어버린 스트라이크를 되찾은 다음을 위해 아껴두었다.

아버지는 뒷주머니에 야구공을 넣고 걸어갔다. 발걸음을 옮길 적마다 야구공이 격려하듯 엉덩이를 꾸욱 눌렀다.

개봉부 앞에 도착한 아버지는 높게 걸린 현판을 올려다봤다. 볼 끝이 살아 있는 직구로 쓴 것처럼 한 획 한 획이 힘을 뿜어냈다. 그러면서도 제구가 잘된 구질처럼 절제미를 한껏 과시했다.

현판 아래에는 잘 다려진 개봉부 경비복 차림의 남자 둘이 정문을 등지고 서 있었다. 두 사람 다 짧은 스포츠머리에 체격이 다부졌다. 각각 축구화와 농구화를 신고 있었다.

"무슨 일로 오셨소?"

현판을 감상하는 아버지에게 농구화가 다가와 물었다. 잘못 배달된 짜장면을 바라보듯 심드렁한 태도였다.

"포대인을 만나러 왔습니다."

농구화는 발밑에 떨어진 야구공을 보듯 아버지를 굽어보았다. 그라운드에 떨어진 공을 어떻게 처리해야 할지 고민하는 유격수처럼 입술이 삐뚤어졌다. 그는 상급자로 보이는 축구화에게 눈빛으로 도움을 청했다.

"선약이 되어 있지 않다면 알현할 수 없소."

축구화가 거드름을 피우며 말했다. 잡상인을 대하는 듯한 위압적인 목소리였다. 그는 언제든지 엉덩이를 걷어찰 준비가 된 사람처럼 끈을 꽉 조인 축구화를 신고 있었다. 발 사이즈가 삼백 밀리는 되어 보였다.

"약속은 하지 않았습니다. 하지만……"

아버지는 그들을 향해 손을 내밀었다. 손 위에는 야구공이 올려져 있었다. 경비원들은 영문을 모르겠단 표정으로 야구공을 내려다봤다.

"지금 이 지저분한 공을 보여주는 이유가 대체 뭐요?"

농구화가 비아냥거렸다.

"사인이라도 받고 싶은가 보지."

옆에 있던 축구화가 덩달아 이죽거렸다.

아버지는 야구공을 어깨 높이로 가볍게 던져올렸다. 공중에서 천천히 회전한 야구공이 손바닥 위로 뚝 떨어졌다. 경비원들은 한 발짝 뒷걸음질쳤다.

포청천의 친필 사인이 나타나자 그들은 갑자기 아버지를 글러브가 닿지 않는 홈런볼을 바라보듯 올려다봤다.

"무례를 용서하십시오. 진즉 알아보고 모셨어야 했는데…… 저희는 야구선수 출신이 아니라 선구안이 그리 밝지 못하답니다."

축구화가 머리를 조아렸다. 포대인의 친필 사인볼은 주민등록증보다도 확실한 신분증이다. 국가기관에서 발급하는 신분증과 달리 소유한 이의 영혼까지 보증한다. 별도의 신분 확인 없이 야구장을 비롯한 모든 공공장소의 출입이 자유로우며, 음주운전이나 주차 위반을 비롯한 127가지 법규 위반에 대해 면책특권을 부여받는다. 야구장에서는 치어리더 앞 전망 좋은 전용석까지 소유할 수 있다.

"괜찮습니다."

"너그러이 이해해주시니 감사합니다. 허락하신다면 조금 가까이서 감상하고 싶은데…… 허락해주시겠습니까? 개봉부의 말단인 저희는 포대인의 사인을 받게 될 날을 고대하며 항상 야구공을 몸에 지니고 다닌답니다."

"네, 그러세요."

농구화와 축구화는 허리를 굽혀 아버지의 손 위에 놓인 공을 바라봤다. 감히 만져볼 엄두가 안 나는지 눈으로 음미하기만 했다.

"오, 포대인의 필적이 틀림없군요. 선구안이 까막눈인 저라도 이토록 위엄 있는 필체만은 식별할 수 있습니다. 실은 제가 「야구쇼 진품명품」을 즐겨 봅니다. 매주 방송을 시청하다 보니 진위 여부를 감정하는 법을 깨우쳤습니다. 야구선수의 구질과 개인의 사인은 위조가 불가능하단 말이 있잖습니까. 언제 한번 방송국에 가지고 나가보십시오. 이런, 지체 높으신 분 앞에서 제가 공연한 주책을 부렸군요. 너무 오래 시간을 끌었네요. 어서 문을 열어드리지 않고 뭐하고 있나."

축구화의 말에 농구화가 흉악한 맹수 머리 형상의 문고리를 잡아당겼다. 커다랗고 두꺼운 문은 신체의 연한 부위를 찔린 짐승처럼 신음 소리를 냈다.

열린 공간으로 푸른 세계가 펼쳐졌다. 잘 손질된 정원의 잔디는 상큼한 물기를 머금고 있었다. 야구장에 온 느낌이었다. 그러나 그건 착각이었다. 개봉부의 정원처럼 넓은 야구장은 세상에 존재하지 않았다. 정원의 잔디는 최신식 설비를 갖춘 야구장의 잔디보다 영양 상태가 좋아 보였다.

"조심하세요. 잘못하다가는 걸려 넘어지거든요."

아버지가 멈춰 섰다. 하마터면 문턱에 무릎이 걸려 나자빠질 뻔했다.

"개봉부의 명물입니다. 이처럼 높은 문턱은 다른 곳에서는 찾아볼 수 없죠. 금융기관이나 관공서의 문턱보다도 높습니다.

이 문턱은 개봉부의 자랑일 뿐 아니라 저희 문지기들의 자부심이랍니다."

"자부심이라고요?"

아버지가 물었다.

"네, 그렇습니다. 이런 문턱을 넘을 수 있는 분은 선생님과 같은 선택받은 극소수입니다. 판정에 항소한다거나 하는 일은 다른 사법기관은 몰라도 이곳에선 어림없는 일이죠. 법의 문턱은 높을수록 훌륭한 법이니까요."

사인볼을 소유한 야구계의 특권층인 아버지는 간단한 몸수색도 거치지 않고 법의 문턱을 넘을 수 있었다.

경비원들은 감히 상상조차 하지 못했으리라. 아버지가 훌리건이 되어 문밖으로 나오리라고는. 제 발로 경찰서를 찾아가는 범죄자는 있어도 제 발로 개봉부로 걸어 들어간 훌리건은 그때까지 아무도 없었다.

유구한 야구사에서 아버지는 스스로 개봉부로 걸어 들어간 유일한 훌리건이었다.

아버지는 경비원이 일러준 대로 걸어갔다. 17대 1의 대결은커녕 별다른 제지조차 없었다. 오히려 방향을 묻기 위해 아버지가 개봉부 소속의 관리들을 불러 세웠다. 그때마다 그들은 경직된 모습으로 과잉된 친절을 베풀었다. 훌리건들의 몸에 날카로운 이빨을 박아 넣도록 훈련된 사나운 탐색견들도 이빨을 감추고 꼬랑지를 흔들었다. 물론 아버지를 향해서는 아니었다. 포청천의 친필 사인이 담긴 신물에 대한 특별 대접이었다.

낯익은 얼굴이 여럿 보였다. 스포츠 신문 일면을 장식하던 야구계의 영웅들. 그들은 죄다 현역에서 물러나 개봉부에서 한자리하고 있었다. 야구 유니폼이 아닌 개봉부 근무복을 입은 그들을 보면서 아버지는 어쩐지 외로운 기분이 들었다.

아버지는 어느새 판관 포청천이 집무를 보는 제1법정 앞에 당도했다.

이제 두꺼운 문이 열리면 당신이 기대하고 고대하고 파마하던 세기의 대결이 시작된다. 훌리건 K 대 판관 포청천의 단두대 대결을 목전에 두고 나는 한 가지 맹세를 되새김질하려 한다.

나는 야구 중계의 제1원칙에 의거하여 정확하고 객관적이며 공정한 중계를 할 것을 서약한다. 영원한 침묵을 지킬지언정 어떠한 편파 중계도 사양하겠다.

항 소

법정으로 들어가는 두꺼운 문 앞에서 아버지는 야구공을 움켜쥔 채 한참을 서 있었다. 드디어 노크를 하려는 순간 문이 열렸다. 삐걱거리는 소리가 경고조로 들렸다.

"포대인께서 기다리고 계십니다."

전조가 왕조와 마한을 거느리고 아버지를 맞이했다. 장룡과 조호가 용의 얼굴이 조각된 문고리를 양쪽에서 잡고 있었다.

높고 넓은 법정은 송나라 시대의 유물이 가득 채워진 유적지 같았다. 고풍스러운 책상과 의자, 유려한 곡선미가 돋보이는 도자기, 서예 족자, 유리 세공품은 중국 역사책, 아니 증조할아버지가 즐겨 감상하던 송나라 사극에서 보았던 그대로였다.

날카롭게 날이 선 작두가 어딘가에 놓여 있을 것 같은 분위기였다.

아버지는 전조의 안내를 받으며 방청석 사이로 난 중앙 통로를 걸어갔다. 전향한 훌리건 4인방이 아버지를 호위했다. 팔을 비틀린 채로 호송될 거라 지레짐작한 아버지는 뜻하지 않은 환대가 당혹스러웠다. 물론, 포청천의 사인볼을 소유한 귀빈에 대한 예우였다.

아버지의 발밑에는 녹색 카펫이 깔려 있었고, 거기에는 발톱을 세운 용이 짜 넣어져 있었다. 용은 삼십 미터가 넘어 보이는 몸을 꿈틀거렸다. 발을 디딜 적마다 용이 포효할 것 같아 아버지는 발걸음이 절로 움츠러들었다.

"본관의 선견지명으로 자네의 육손을 본 순간 필시 찾아오리라 예감했네. 중환자가 병원을 찾아오듯 말일세."

판관 포청천은 거대한 심판석에서 아버지를 굽어보았다. 개봉부의 권위와 투명성을 상징하는 크고 얼룩 하나 없는 창으로 비스듬히 빛이 들어왔다. 심판석에 앉은 거구의 그림자가 반신반인의 형상처럼 바닥에 위압적으로 드리워졌다.

팔걸이에 올려진 그의 두꺼운 손가락에는 '올해의 심판 반지' 열 개가 반짝거렸다. 그때는 올해의 심판상이 제정된 지 칠 년째 되는 해였다. 그러니까 포청천은 다가오는 삼 년 동안 수상할 반지를 미리 끼고 있었던 셈이다.

"도대체 야구장과 박물관에 이어 개봉부까지 본관의 꽁무니를 쫓아다니는 저의가 무엇인가?"

포청천은 자리를 권하지도 않은 채 심문을 시작했다. 개봉부의 이인자 공손 선생과 넘버 3 전조마저도 의자에 앉는 게 허락되지 않는지 부동자세로 서 있었다. 야구의 법정에서 의자란 장식물에 불과했다. 오래전 훌리건 공개재판이 열렸을 때에도 피고인의 착석은 허락되지 않았다.

"자네는 야구팬인가 아니면 스토커인가?"

포청천이 아버지를 질책했다. 소환한 피고인을 대하는 듯한 어조. 포청천 앞에서는 누구든 피고가 된다. 아버지는 마음이 흔들렸다. 투수가 공을 던지지 않으면 경기는 시작되지 않아. 이제라도 늦진 않았어.

아버지는 항소를 포기하고 싶은 유혹을 간신히 억누르고 초구를 던졌다.

"판정에 이의를 제기하기 위해 출석했습니다."

그 순간 개봉부 사람들은 희한한 구종을 대하는 눈길로 아버지를 바라봤다. 야구공을 그러쥔 아버지의 손에 힘이 잔뜩 들어갔다. 조금이라도 힘을 빼면 수전증 환자처럼 떨림이 멈추지 않을 태세였다.

"공손 선생, 본관이 제대로 알아들은 것이 틀림없소?"

포청천이 물었다. 공손 선생의 눈동자 굴러가는 소리가 들릴 정도로 장내는 무거운 정적에 휩싸였다. 높은 천장이 가라앉는 느낌이었다.

"제대로 들으신 것이 확실하옵니다. 저는 야구선수로서 포대인의 판정에 항소하기 위해 본 법정에 출두했사옵니다."

아버지가 말했다. 송나라풍 인테리어의 영향일까? 사극 투가 섞이기 시작했다.

"무엄하다. 여기가 어딘 줄 아느냐!"

왕조, 마한, 장룡, 조호가 동시에 소리쳤다. 피고를 향해 사방에서 쏟아지는 위협구.

"괜찮네. 온 천지가 알듯 나는 야구선수와의 대화를 숭상하네. 그러나 명심하고 또 명심하게. 본관은 허튼소리는 결코 좌시하지 않을 걸세. 한번 내뱉은 말은 투수의 손을 떠난 공처럼 되돌릴 수 없지. 그러니 내 앞에서 말을 내뱉을 때는 마운드 위에서 구종을 선택하듯 신중해야 할 걸세. 단 한마디의 실투도 용납지 않을 테니까."

포청천이 한쪽 팔을 번쩍 들어올리며 말했다. 거구의 움직임을 감당하기 벅찼는지 심판복의 겨드랑이 부분에 실이 한 올 풀려 있었다. 아버지는 포청천의 치명적인 오점을 발견한 것처럼 의기양양해졌다. 그 올을 슬슬 잡아당기면 만화영화에서처럼 실이 스르르 풀려 법의가 사라질지 모른다는 우스운 상상을 했다. 심판석이란 권좌에 올라앉은 반신반인도 구멍 난 양말이나 팬티를 착용하고 있을지 모른다. 커다란 권력을 지탱하지 못하고 터져나온 실밥이 아니었다면 아버지는 그쯤에서 항소를 철회하고 석고대죄를 할 뻔했다.

"오로지 진실만을 말할 것을 야구를 걸고 선서합니다."

아버지는 십이 년 전의 야구 시합에 관해 소상히 설명하기 시작했다. 간간이 언성을 높이기도 했으며, 거친 몸동작을 섞기도 했다. 본인도 그걸 알았으나 애써 억제하려 들지 않았다.

텅 빈 방청석에 야구가 자리를 잡고 지켜보고 있는 듯한 기분이 들었다.

"음……"

아버지의 진술을 듣는 도중 포청천은 초승달이 새겨진 시커먼 이마를 찌푸렸다. 그때마다 아버지의 미끌거리는 여섯번째 손가락은 작두의 서슬에 올려져 있는 것처럼 냉기가 감돌았다.

"본 건과 관련된 판결문을 대령하라!"

포청천의 명령이 끝나기가 무섭게 축지법의 달인인 장룡이 둥글게 말린 문서를 판관석으로 가져왔다. 포청천은 십이 년 전의 기록을 유심히 들여다보았다. 잠시 후 커다란 얼굴을 들어올리며 말했다.

"자네가 던진 볼이 스트라이크존을 관통한 건 틀림없는 사실이군." 포청천이 말했다. "그러나 스트라이크는 아닐세."

"금방 스트라이크존을 지났다고 말씀하지 않으셨습니까?"

아버지가 물었다.

"문제는 스트라이크존이 아니라 자네가 던진 공이었다네. 진정한 투수라면 자신의 공에 대해 합리적인 의심을 해야 하는 법일세. 스트라이크존을 지났다고 해서 그 공이 스트라이크라고 단언할 순 없는 걸세. 본관은 영혼이 실려 있지 않은 공은 스트라이크로 인정할 수 없네."

"영혼이라니요?"

"시민 정신을 일컫는 걸세. 시민 정신이 들어 있지 않은 공은 노상 볼일 뿐이란 명약관화한 사실을 모른단 말인가! 다시 말해 자네는 공인되지 않은 공을 던진 것일세."

"공인되지 않은 공이라고요?"

"포대인께서는 자네가 던진 공이 합법적인 공이 아니었다는 걸 지적하는 걸세. 자네가 던진 공은 금지된 노래나 춤, 불온한 서적처럼 시민 정신을 위배했다네. 개봉부는 그러한 불법을 용납할 수 없지. 공인되지 않은 공을 던지는 것은 무면허 운전이나 무면허 수술 따위와는 견줄 수 없을 정도로 위험하다네. 자네도 이처럼 명명백백한 사실에 이의를 제기하지 못할 걸세. 그것은 금지된 사랑보다도 파국적이지. 자칫하다가는 야구의 근간을 뒤흔들어놓을 수도 있다네. 따라서 포대인의 판결은 백번 천번 지당하다고 할 수 있네."

야구 9단 공손 선생이 끼어들며 말했다.

"판정에 일말의 의혹도 없다는 것을 어찌 확신하시는 것이옵니까? 저는 판정에 대해 합리적 의심을 요구하는 바입니다."

아버지는 감정을 제구하지 못했다. 야구장에서 목격한 부조리한 판정들이 눈에 선했다.

"본관을 보통의 심판으로 여겨선 곤란하네. 본 판관은 투수의 공을 '판정'하는 게 아니라 '판결'한단 사실을 모르는가? 그것이 본관이 심판이 아니라 판관이라 불리는 까닭이지. 투수가 공을 던진 순간 그 공 위에는 판결문이 쓰인다는 사실을 아는가? 본관은 공명정대한 눈으로 공 위에 쓰인 판결문을 읽을 뿐일세. 그리고 단죄할 뿐이지."

포청천은 목소리를 가다듬으며 말을 계속했다.

"그러므로 본관의 판결은 어떤 사심이나 공명심에도 동요하는 법이 없지. 오심의 여지는 추호도 없네!"

"참으로 온당한 판결이옵니다. 사필귀정이자 인과응보이며 권선징악이자 법적 정의인 동시에 시적 정의이옵니다."

포청천의 깊은 뜻을 헤아린 공손 선생이 거들었다.

"피고는 본관의 판결에 동의하는가?"

포청천이 물었다.

"저 스스로에게 물어보겠습니다."

아버지는 고개를 숙여 포심으로 잡은 야구공을 쳐다봤다. 잠시 후 아버지가 입을 열었다.

"제 내면의 스트라이크존은 스트라이크였다고 판정합니다."

글러브를 끼지 않은 채, 맨손으로 안전핀이 제거된 수류탄을 주고받는 것처럼 대화는 격렬해져갔다.

"뭐야? 자네는 자신이 도대체 누구라고 생각하는 것인가? 정녕 백 분 토론이라도 벌여야 직성이 풀리겠는가! 더 이상 왈가왈부하고 싶지 않네. 자네는 이미 한계 투구수를 넘은 지 오래야. 투수의 손끝을 떠난 공의 운명을 결정하는 것은 본관이지, 자네가 아닐세. 이제 자네에게 남은 선택지는 야구선수의 본분을 지켜 스포츠맨십에 충실하는 것뿐일세. 최후변론을 펼칠 기회를 줄 테니."

아버지는 침묵으로 변론을 대신했다. 그것은 어머니에게서 터득한 시위 방식 중 하나였다. 꾹 다문 입술은 상대를 안달하게 만드는 법.

"본 법정에서는 본관의 허락하에서만 침묵을 지킬 수 있네! 피고는 기어코 야구의 정의를 부정하는 것인가? 다시 한번 물을 테니 신중하게 대답하게. 야구선수에게는 판결에 절대적으로 복종할 자유밖에는 없다는 것을 모르는가! 본관의 판결에 승복하겠는가?"

아버지는 포청천의 이마에 새겨진 작두날이 두렵지 않았다. 그 곡선은 잘 길들여진 글러브의 윤곽처럼 부드러워 보였다.

"제가 유죄라면 이유는 단 하나입니다. 스스로 던진 공을 방관한 죄. 불합리한 판정에 대한 불복종은 야구선수의 타고난 권리입니다."

"어리석은 훌리건의 잠꼬대! 피고는 지금 반야구적인 언사로 본관을 모독하고 있다는 사실을 주지하고 있는가? 거부할 수 없는 제안을 할 테니 현명하게 처신하여 스스로를 보호하라. 본 판관의 판결에 복종하겠는가? 그럴 의향이 있으면 공손히 모자를 벗어 판관의 권위에 경의를 표하라."

아버지는 결정적 증거이자 증인인 야구공을 움켜쥔 여섯 손가락에 힘을 주었다. 어떤 권위도 내 여섯 손가락을 떼어놓진 못할 거야. 야구공에 손가락이 붙어 있는 한 날카로운 작두도 무용지물일 뿐. 앞으로 어떠한 처지에 놓이든 이 공이 나를 올바른 방향으로 인도할 거야. 그 위에 꿰매진 길을 따라 여기에 이르렀듯이.

아버지의 입술이 느릿느릿, 그러나 단호하게 움직였다.

"그러고 싶지 않습니다."

"판정은 불변하며 그에 대한 항의는 뒤늦은 몸개그에 불과하다. 경기는 일시적이나 판결은 영원하다. 과거의 역사는 수정될 수 있을지언정 본 판관의 판결은 번복될 수 없다."

탕, 탕, 탕.

판사봉이 받침대를 치는 소리가 연속적인 파문을 그리며 실내로 퍼져나갔다.

공손 선생이 저술한 『한국 야구사』에는 야구는 순간의 예술인 동시에 영원의 예술이란 구절이 나온다. 야구는 심판의 판결이 내려지는 그 순간 가죽 글러브와 나무 배트를 가지고 하는 공놀이에서 예술로 승화된다. 한번 내려진 판결은 영구히 변치 않는다. 만일 바뀔 수 있다면 축구나 농구와 같은 스포츠라고는 할 수 있어도 예술이라 할 수는 없을 것이다. 판관 포청천의 판결에 대한 아버지의 항소는 때늦은 몸부림, 아니 유행이 지난 몸개그에 지나지 않았다.

항소가 기각되기 무섭게 장룡과 조호가 아버지의 양쪽 팔을 비튼 채 건물 밖으로 끌고 갔다. 아버지는 팔이 비틀리는 자세에는 어느 정도 익숙해졌지만, 그 고통과는 친해질 수 없었다. 그런 와중에도 손에 쥔 야구공은 떨어뜨리지 않았다.

"사인볼 귀한 줄은 아는군. 개봉부에서 몸이 성한 채로 돌아가는 것만으로도 운이 좋은 줄 알게. 포대인께서는 그 공을 항상 품고 다니며 죄를 뉘우치라는 말씀을 남기셨네. 매일 아침 죄의식 속에서 깨어나길 바란다는 말도 덧붙였어. 갱생의 기회를 준 셈이지."

전조는 장룡과 조호를 이끌고 본관으로 걸어갔다. 그는 건물 안으로 들어가기 전에 아버지를 돌아봤다.

"이 말을 전하는 걸 깜박했군. 선량한 시민에게는 스트라이크존이 태평양처럼 넓은 법이야."

주변은 어느새 어둑해져 있었다. 개봉부 본관은 어둠의 장막 속으로 형체를 숨겼다. 공소시효는 이제 소멸해버렸다.

아버지는 패전투수처럼 잔디 위에 주저앉기 직전이었다. 그 순간 조명탑이 사위에서 번쩍였다. 대낮처럼 주변이 환해졌다. 야간 경기를 치를 수 있을 정도로 눈이 부셨다.

조명등에서 새어나오는 빛이 개봉부 전체를 비추었다. 개봉부 본관의 커다란 창문이 아버지의 눈에 들어왔다. 스트라이크 존처럼 보였다. 손안의 야구공에서 심장박동 소리가 들리는 듯했다. 야구공을 내려다봤다. 야구공이 속삭였다.

'진정한 대화란 공을 통해서만 가능해. 야구가 그깟 공놀이로 전락하는 것을 막아줘.'

아버지는 고개를 끄덕였다. 거침없는 와인드업. 오랜 재활 끝에 처음 사용하는 것처럼 신선한 근육의 움직임. 팔이 힘차게 비틀리는 순간 아버지는 포청천에게 감사한 심정이었다. 오심의 수혜자가 아닌 피해자란 사실에. 그렇지 않았더라면 판정에 불복종할 기회를 얻지 못했으리라. 팔을 힘차게 뻗었다.

아버지의 육손을 빠져나간 공은 한없이 투명한 스트라이크 존의 한복판을 관통했다. 산산이 부서지는 유리 파편들이 선언했다.

스트라이크.

일생에서 최고의 투구를 펼친 아버지는 유유히 개봉부를 빠져나왔다. 개봉부의 높은 문턱을 나서는 순간 야구로부터 영원히 추방되었음을 깨달았다.

야구의 중심인 개봉부로부터 한 발 한 발 멀어질수록 야구와 점점 가까워지는 기분이었다.

에 필 로 그

야구팬이라면 공 하나에 야구선수의 운명이 판가름 나는 장면을 수없이 목격했을 것이다. 공 하나가 영웅을 낳고, 역적을 낳는다. 어제의 야구선수가 오늘의 훌리건이 되는 건 비단 어제오늘 일이 아니다.

아버지가 개봉부를 향해 던진 공 하나로 판관 포청천은 빛의 속도로 몰락했으며, 아버지는 야구계의 영웅으로 급부상했다, 라고 말할 수 있다면 얼마나 좋을까?

아버지는 판관모독죄를 선고받아 1급 훌리건이 되었다. 그것은 야구로부터의 영원한 아웃, 추방을 의미했다. 생물학적 죽음과는 비교할 수 없을 정도로 치명적인 야구적 죽음을 맞은 것이다.

아버지는 작두에 손가락이 잘리는 순간적 징벌은 모면했으나 훌리건이라는 영원한 형벌을 견뎌야만 했다. 그 형벌은 삼족에게까지 연좌제로 적용되었다.

우리 가족은 공식적으로 야구를 영위할 수 없다. 야구장을 포함한 야구 관련 시설물로부터 십 킬로미터 이내는 접근금지다. 이사를 갈 때마다 개봉부 담당 직원에게 보고해야 한다.

어디 그뿐인가. 훌리건의 아들인 나는 야구부에 가입하지 못하는 등 여러모로 차별을 겪어야 했다. 체육사에서 야구복을 맞추는 즐거움이 거세된 유년 시절을 상상할 수 있는가? 체육 시간에는 캐치볼은커녕 발야구조차 허락되지 않았다.

아버지의 불복종 투구에도 불구하고 판관 포청천의 전성시대는 계속되었다. 그는 제2의 전성기, 제3의 전성기, 제4의 전성기, 제5의 전성기, 제6의 전성기, 제7의 전성기, 제8의 전성기……를 누렸다. 전 세계의 날고 기는 권력자들의 수난과 몰락 속에서도 포청천은 홀로 굳건하게 버텨내며 무수한 명경기를 연출하고 판결했다. 포청천의 손가락과 발가락에는 총 스물일곱 개의 올해의 심판 반지가 끼워졌다.

포청천의 권력과 지위가 상승할수록 우리 가족도 덩달아 유명세를 탔다. 모 야구잡지는 '어느 시민의 불복종 투구'라는 제목으로 아버지의 이야기를 다뤘다가 반야구적이라는 비난에 시달렸다. 개봉부를 향해 던진 아버지의 공 하나가 야구의 운명을 뒤바꿀지도 모른다는 망언을 한 게 화근이었다. 그 잡지는 찌라시 취급을 받다가 종국에는 폐간되었다. 마지막 호의 표지는 WBC 개최 날에 야구장 앞에서 야구보안법 철폐 시위를 하는 우리 가족의 사진이 장식했다.

훌리건 K와 판관 포청천의 공방은 공소시효가 끝난 뒤에도 지속되었다. 시간제한이 없는 야구에서는 공소시효란 무의미하다. 포청천은 강경책에 굴복하지 않는 아버지를 수차례 회유했다. 개봉부의 요직을 보장하는 등의 '거부할 수 없는 제안'을 거듭했으나, 아버지의 일관된 거절은 포청천을 진노케 했다.

화병으로 침상에 드러누운 상태에서도 포청천은 아버지를 전향시키려는 의지를 꺾지 않았다. 아버지는 특별사면자 명단에 포함되기를 반복해서 거부했다. 포청천이 심판석에서 나지막한 목소리로 '아웃'이라는 유언을 남기고 임종을 맞이한 그 순간에도 아버지는 비전향 훌리건으로 남아 있었다.

철없던 어린 시절 나는 훌리건이라는 오명을 벗기를 거부하는 외골수 아버지를 이해하지 못했다. 정상적인 야구인이었다면 속죄의 의미로 손가락을 잘라 장문의 혈서라도 썼을 것이다.

언젠가 나는 아버지에게 물은 적이 있다. 우리 가족은 왜 야구장에 갈 수 없느냐고. 전에도 한번 말했듯이 그때는 첫사랑이 실연으로 끝난 직후였고 이온음료에 흠뻑 취한 상태였다.

다음날 아침, 잘 길들여진 글러브를 건네며 아버지는 이렇게 말해주었다.

"우리 둘이서 야구공을 주고받으면 세상은 야구장이나 마찬가지란다."

올해 스무 살이 된 나는 정식으로 야구팀에 등록되지는 못했지만 아버지와 캐치볼을 하는 이상 나 자신을 야구선수라 생각한다. 어머니가 누차 강조했던 것처럼, 어떤 시대에는 진정한 야구란 야구장 밖에서만 존재하는 법이니까.

우리 가족은 야구로부터 영원히 추방되었다. 그러나 그 무엇도 우리로부터 야구를 빼앗지 못했다. 단 한순간도.

마지막으로 아버지의 악몽에 대해서 얘기하겠다. 가끔씩 나를 알아보는 야구팬이나 훌리건은 조심스럽게 다가와 아버지의 안부를 묻곤 한다.

"아직도 악몽에 시달리시나요?"

악몽도 없이 편안하게 눈을 감은 포청천과 다르게 아버지의 꿈에는 매일 밤 용의 형상이 도금된 작두가 등장했다. 그러나 아버지는 여섯번째 손가락이 거세당하는 것을 더 이상 두려워하지 않았다. 신들린 무당처럼 시퍼렇게 날 선 작두 위에 올라탄 아버지는 그 위에서 힘껏 야구공을 던졌다.

그때마다 작두에 새겨진 맹수의 황금빛 비늘이 조금씩 벗겨졌다.

작 가 의 말

가장 먼저 축구팬과 농구팬에게 진심 어린 사과를 하고 싶다. 야구 소설을 쓰다 보니 축구나 농구를 비하하고 말았다. 본의 아니게 팔이 안쪽으로 굽은 것이다. 그러나 믿어달라. 야구 이외의 다른 스포츠를 모욕할 의도는 추호도 없었음을. 변명을 늘어놓자면 지난 일 년 동안 나는 (소설가 지망생이기 이전에) 매주 토요일 오전에 공을 차는 조기 축구인이자 NBA 기사를 수시로 클릭하는 농구팬이었다. 그러니 제발 축구공이나 농구공을 나에게 던지지 마시길(차라리 이 책 『훌리건 K』를 사서 던져달라)!

드라마 「판관 포청천」의 팬들에게도 엎드려 사죄드린다. 이 소설을 읽은 「판관 포청천」의 팬이라면 개작두를 대령하고 싶은 심정일 것이다. 다시 한번 변명을 늘어놓자면, 나 역시 「판관 포청천」의 열성팬이다. 판관 포청천의 공명정대한 판결에 너무도 깊은 감명을 받은 나머지 개작두를 목에 걸고 헤드뱅잉을 하는 꿈을 꾼 적도 있다. 누군가 나에게 최고의 법정 드라마가 뭐냐고 물어본다면 주저 없이 「판관 포청천」을 꼽을 것이다.

그러니 제발 개작두는 거둬주시길!

프래니 양에게도 미안하다는 말을 남겨야겠다(이거 어째, 분위기가 '스페셜 땡스 투'가 아니라 '스페셜 쏘리 투'가 되어가는 듯하다). 글을 쓴다는 핑계로 같이 놀아주지 못하고, 외롭고 쓸쓸한 시간을 보내게 해서 미안해. 프래니 양은 인류 역사상 가장 문학적인 요크셔테리어다(이름은 당연히 J. D. 샐린저의 『프래니와 주이』에서 따왔다). 프래니 양이 배변을 못 가릴 때마다 나는 카프카와 겐이치로, 멜빌, 페터 한트케…… 등등의 책을 다정하게 읽어주는 대신 책으로 바닥을 내리치곤 했다. 아주 살짝. 오해하지 마시라. 그것은 체벌이나 학대가 아니다. 책과 바닥이 부딪히는 순간 만들어지는 문학적 울림을 경험시켜주고자 했을 뿐이다. 책이 두꺼울수록 울림이 깊고 풍부하다. 양장본이 최고다.

어느 날 오후 낮잠에서 깨어난 나는 경악했다. 프래니 양이 신성한 내 초고 위에다가 똥을 싼 것이다. 이봐, 너의 스트라이크존은 여기가 아니야! 그러나 분노는 잠시. 어느새 나는 프래니 양의 배설을 유리한 징조로 해석하기 위해 안달하고 있었다.

이 개똥은 틀림없는 길조가 분명해. 화려한 등단에 관한 암시나 복선이 아닐까? 혹시 베스트셀러 작가가? 내 소설이 드라마나 영화로 만들어져 초대박이 나면 어쩌지? 출력해놓은 A4용지 위에 자리잡은 따끈따끈한 똥의 탑을 바라보던 나는 빌고야 말았다. 제발 당선되기를! 본디 나는 떨어지는 별똥별을 보고도 소원을 발설하지 않을 정도로 쿨한 인간이다. 어쩌다 이 지경이 되었을까?

탑 이야기가 나와서 생각나는 이야기를 하나 하겠다. 얼마 전 고향 집에 내려갔을 때 마당에 돌무더기가 쌓여 있는 것을 발견했다. 어머니에게 여쭤보니, 나와 전화통화를 하고 나면 아버지가 마당의 돌을 주워 하나둘씩 얹는다고 했다. 그런데 그게 어느새 탑이 된 것이다. 야구공처럼 둥근 돌들이 쌓여가는 모습을 상상하니 마음이 먹먹해졌다. 십 년간 세 군데의 대학을(대학원도 아닌 학부만) 다니고, 삼 년째 고시생 코스프레(고시 공부를 하는 줄 알고 있는 지인 중 누군가가 내게 법률 상담이라도 하면 어쩌나 하고 늘 마음이 조마조마했다. 그럼에도 불구하고 부모님에게 간간이 수혜받던 장학금을 선뜻 포기할 수 없었다. 그래서 주변 사람들에게 소설을 쓰고 있다고 당당히 커밍아웃하지 못했다)를 하던 장남을 묵묵히 지켜보며 차곡차곡 돌을 쌓는 답답한 심정이란, 차마 생각하고 싶지 않다. 이런 연유 때문이었을까. 무릎 높이의 돌탑이 내 눈에는 석가탑이나 다보탑보다도 높아 보였다.

그런데 어쩌다 야구 소설을 쓰게 되었을까? 『훌리건 K』를 쓰는 동안 세상에는 훌륭한 야구 소설이 너무 많다는 사실을 깨달았다. 무시무시한 마구를 무자비하게 던져대는 프로 소설가들(다카하시 겐이치로를 비롯하여 입에 올리는 것만으로도 주눅이 들고 마는 메이저리거들)에 비하면 정말이지 나는 레벨 1짜리 아마추어에 지나지 않았다. 내가 타인에게서 문학성을 인정받은 적은 딱 한 번뿐이었다. 모 정형외과의 물리치료 성공수기 공모에서 거북목 부문에 당당히 당선되었을 때.

소설을 쓴다는 것 자체가 내 소녀 어깨로는 혹사에 가까운 무리였다. 그럼에도 그러한 혹사를 견딜 수 있었던 것은 소설을 완성하기도 전에 당선 소감문을 다작하는 뻔뻔스러움과 하마터면 미리 써둔 당선 소감문을 소설과 함께 응모할 뻔한 무모함 덕분이었을 것이다. 이러한 미덕을 나는 어린 시절 탐독했던 소년 만화에서 배웠다. 소년 만화여 영원하라!

이제 와서 고백하자면, 키보드에 손을 얹을 적마다 한 자 한 자 실투를 던지는 느낌이 들어 불안한 날이 많았다. 그래서 당선 통보 전화를 받았을 때는 적잖이 당황했다. 그 무렵에는 소설 창작보다는 축구 전술 연구에 훨씬 많은 시간과 열정을 할애하고 있었다. 그런데 수림문학상 당선이라니! 보이스피싱이 아닌가 하는 의심이 들 정도로 놀랐다. 대한축구협회로부터 국가대표 감독직 제의를 받았더라도 그렇게까지 당황하지는 않았을 것이다.

지난 이 년 동안 품어온 공을 스트라이크로 잡아준 심사위원분들과 강출판사, 수림문화재단, 연합뉴스에 깊이 감사드린다.

2013년 11월

최홍훈

제1회 수림문학상 심사평

한국문학의 발전과 새로운 작가의 발굴을 위해 수림문화재단과 연합뉴스가 의욕적으로 제정한 '제1회 수림문학상'의 장편 공모에 응한 작품은 모두 131편이었다. 상의 제정을 알리기에 그다지 시간이 충분하지 않았다는 점을 감안할 때, 여전히 얼마나 많은 문학적 열정들이 스스로를 벼리며 인정과 격려의 시간을 기다리고 있는지 새삼 확인할 수 있었다. 그 열정들의 확인은 문학을 통해 발견되고 표현되는 비범하고 경이로운 인간 진실의 서사가 우리 삶을 가장 깊은 의미에서 윤리적으로 충전하고 심미적으로 갱신시키리라는 믿음의 교환이기도 했다. 응모자들의 묵묵한 수고에 지지와 응원을 보낸다.

다섯 명의 심사위원들은 한 달여 동안 응모작을 나누어 읽은 뒤 본심에서 논의할 여섯 편의 작품을 선정했다. 8월 12일 열린 최종심에서 당선작을 고르는 데는 그리 많은 시간이 걸리지 않았다. 심사위원들이 마음에 담아온 작품들이 별반 다르지 않았기 때문이다.

심사위원들이 당선작으로 의견을 모은 작품은 최홍훈 씨의

『훌리건 K』였다. 무엇보다 이 작품은 서사를 추동해나가는 힘이 돋보였다. '국민심판 포청천'이 야구계의 절대권력으로 군림하고 있는 근미래가 소설의 배경인데, 전체주의 사회의 악몽에 대한 비판을 그 알레고리에서부터 노골적으로 드러내고 있다. 현재 한국 사회가 보여주는 민주주의 퇴행의 현실을 풍자적으로 암시하고 인용하면서 소설적 긴장을 만들어내고는 있지만, 사실 이 소설을 계속 몰입해서 읽게 만드는 힘의 대부분은 작가의 입심이랄 수 있다. 일견 말이 안 되는 이야기를 내밀어놓고는 시치미 뚝 떼고 밀어붙이는 힘이 상당하다. 십이 년 전 고교야구 시합에서 있었던 오심에 항의하기 위해 절대권력 포청천을 찾아가는 전직 야구선수의 일직선의 서사는 말 그대로 돌직구처럼 보인다. 그러나 사실과 허구를 뒤섞은 각주가 중간중간 적절한 체인지업으로 서사의 속도를 조절하고, 야구의 정보와 언어를 비판적 알레고리로 전용하는 재치와 위트의 변화구가 가세하면서 『훌리건 K』의 돌직구는 스스로 재미와 설득력을 생산해낸다. 이야기의 깊이나 그 이야기가 실어내는 소설적

전언의 단순함에 대해서는 비판의 여지가 없지 않지만, 적어도 글쓴이가 자신의 이야기를 어느 수준에서 장악하고 있다는 것은 분명했다. 이것은 흔치 않은 미덕이다. 한 심사위원이 야구를 전혀 모르는데도 재미있게 읽었다는 독후감을 내놓았는데, 바로 그런 것이 이야기꾼의 재능일 것이다. 재치와 깊은 유머의 차이에 대해 좀더 숙고하고, 인물의 내면으로 다가가는 힘을 더 키운다면 내공이 충실한 이야기꾼으로 성장해갈 수 있으리라는 기대를 품으면서 우리 심사위원들은 최홍훈 씨의 『훌리건 K』를 제1회 수림문학상의 당선작으로 세상에 내보내는 데 기쁘게 합의했다.

심사위원 박범신 · 정미경 · 정홍수 · 전성태 · 정이현

대표 집필 정홍수(문학평론가)

소설을 재미있게 쓰는 방법을 소설가들이 잃어버린 시대라는 걸 감안하면, 『훌리건 K』는 더 돋보인다. 문제의식을 잃지 않으면서 재미있게 쓴 소설이기 때문이다. 무거운 주제라 할 수 있는 지배 권력의 알레고리를 이만큼 유니크하고 흥미진진하게 서술하긴 쉽지 않다. 유쾌하고 슬프고 매끈하다.

—박범신(소설가)

『훌리건 K』는 일차적 서사만 본다면, 조지 오웰이 쓴 『1984』의 21세기 버전으로 볼 수도 있겠다. 『1984』가 드라이아이스처럼 차갑고 건조한 풍자와 극단적인 디스토피아의 풍경으로 우리를 압도했다면 『훌리건 K』는 좀더 유연하며 건강한 희망을 보여준다. 물론 여기서의 희망이란 구체적인 성취가 아니라 얼핏 불가능해 보이는 것에 대한 지속적인 꿈꾸기겠지만. 전체주의에 대한 저항이라는 주제를 야구라는 알레고리를 통해 그려내는 것은 쉽지 않은 일이다. 작가는 힘들어하는 기색은커녕 참 능청스럽게 끝까지 밀어붙이면서도, 전체주의의 숨막힘보다는 영혼의 자유로움에 방점을 찍는다. 여섯 개의 손가락으로 상징되는 아버지와 그를 가장으로 둔 가족은 우리 사회의 '잉여'임이 분명하나 밑바닥을 뒹굴면서도 기죽지 않고 우울해하지 않는다. 좀 의기소침해야 하는 거 아냐? 싶은 순간에도 여전히 뻔뻔스러울 만큼 명랑하다. 이 발칙한 생기에 끌리지 않을 도리가 없다. 이 새로운 버전의 '잉여'들이 마침내 사랑스럽게 여겨지는 것은, 스스로 포기하지 않는 한 그 누구도 이들을 패배자라고 부를 수 없기 때문이란 걸 자기만의 글쓰기 방식으로 설득해낸 작가의 독창적이고 발랄한 재능 덕분일 것이다.

—정미경(소설가)

읽고 시간이 제법 흘렀는데도 이상하게 점점 선명해지는 소설이다. 그러고 보면 『훌리건 K』는 심사 과정에서도 여러 편의 수작 가운데 이채로웠다. 그 남성성 짙은 풍자가 제법 호기로웠다. "입담이 대단하다!"고 이 소설에 대한 첫인상 평을 메모장에 기록한 게 기억난다. 『훌리건 K』는 오심에 대한 허다한 논란과 풍문 가운데 찾아왔으므로 프로야구 광팬으로서 단번에 구미가 당겼다. 일단 입담에는 백점을 주었다. 육손 투수의 활약과 거세, 그에 대한 명예 회복이 큰 얼개인 이 소설은 어쨌든 저항의 목소리에 동참하게 하는 힘이 있었다. 다만 이 비판과 풍자가 겨냥한 과녁들이 모호한 데가 있지 않은가 하는 아쉬움이 남았다. 그러나 이 아쉬운 대목은 어쩌면 내 욕심일 거라는 생각이 들었다. 나는 이 소설을 읽으며 그만 치어리더들의 무대로 뛰어오른 훌리건이 되지 않았던지. 관중들이 나와 더불어 한 선수를 응원하기를 기대할 수는 없잖은가? 입담과 알레고리가 공존하기 쉽지 않은데 이 소설은 알레고리가 풍성하다. 권위와 공권력의 상징인 판관, 육손이와 거세 공포증, 더하여 저항 · 불온 · 빨갱이에 대한 붉은 은유들은 얼마나 똑똑한가. 제가끔 읽는 걸 존중하자는 것 또한 이 작가가 말하고 싶었던 것일 게다.

—전성태(소설가)

'훌리건'이란 누구인가. 남 보기에 미쳤나 싶을 만큼 과도한 흥분 상태에 빠져 있는 사람이거나 정말로 미친 사람을 의미할 터다. 이 소설에는 멀쩡하던 한 사내가 어떻게 전국적인 '미친놈'이 되어가는지, 그 과정이 소상히 담겨 있다. 작가의 입담은 거침없이 펼쳐진다. 따라 읽어가면서 배를 잡고 웃어도 좋고, 허공에다 괜스레 주먹을 휘둘러도 좋다. 어느 쪽이든 결국 목구멍 깊은 곳에서 무언가 울컥 치받히는 느낌은 어쩌지 못할 것이다.

—정이현(소설가)

제1회 수림문학상 수상작

훌 리 건 K

초판 1쇄 발행 | 2013년 11월 11일

지은이 | 최홍훈

발행인 | 송현승
편집인 | 오재석
주간 | 김장국
기획 | 백종호 · 김도균

발행처 | 연합뉴스
주소 | 110-140 서울시 종로구 수송동 110
www.yonhapnews.co.kr/munhak

편집 | (주)도서출판 강(02-325-9566)
인쇄 | 영신사(031-941-7000)

정가 | 12,000원
구입문의 | 02-398-3590~3

ISBN 978-89-7433-109-2 03810

* 이 도서의 국립중앙도서관 출판시도서목록(CIP)은 e-CIP 홈페이지(http://seoji.nl.go.kr)와 국가자료공동목록시스템(http://www.nl.go.kr/kolisnet)에서 이용하실 수 있습니다.
(CIP 제어번호: CIP2013021532)

* 이 책은 수림문화재단의 지원으로 출간되었습니다.